新 潮 文 庫

孤独な夜のココア

田 辺 聖 子 著

新 潮 社 版

2973

目次

孤独な夜のココア

春つげ鳥

わたしを驚かせてやろうというつもりでか、笹原《ささはら》サンはその家のことを、あらかじめひとことも口にしなかった。
おどろかすつもりもあったかもしれないが、きっと、わたしの気に入る、という自信もあったのかもしれない。
その晩、三宮《さんのみや》のバーでいつものように落ちあうと——ここで会って、いつもは食事して、そうして、たいてい坂の上のてっぺんにある、天道虫《てんとうむし》のように小っちゃな、綺《き》麗《れい》なホテルへいく。わたしは、そこを「天道虫ホテル」と名付けていた。（わたしは何にでも、わたしなりの名前をつける。わたし自身はそう呼びならわしてるもんだから、ついその名でよぶと、人にはわからないことがある）
天道虫ホテルでは泊るときもあるし、帰るときもあった。おもに、笹原サンの仕事の都合によった。わたしのほうに障害はなかった。一緒に住んでいる姉たちも、笹原サンをよく知っているので、もう、なんにもいわなくなっている。

たぶん、笹原サンと結婚するだろうということがわかってるので。

それに、笹原サンは、姉や姉の夫よりずっとトシがいってオトナなので、いまさら、ゴチャゴチャ意見するのもこっちの方が気はずかしい、と姉たちは思うらしかった。

笹原サンは、二十二のわたしより、ちょうど倍、年上だった。

何にでも、わたし流の呼び方をする癖があるわたしだが、笹原サンだけはほかに呼びようがない。

笹原サンは笹原サンだ。

わたしと同じぐらいの気持の若々しさにも思え、また、とてもオトナっぽくみえるときがある。（オトナだから当然だ）

笹原サンは死んだ父の仕事関係の知人だった。父とは年齢がはなれていたけど、わりに仲よかったみたい。私は、短大のときの保証人になってもらったり、した。

笹原サンは、まあ親切な人だった。父を亡《な》くしたわたしたちに、いろんな面倒をみてくれた。母は父よりはやく亡くなっていたので、わたしは、一人ぼっちになったわけである。

（姉がいるけどもう結婚していた。だからわたしの感覚でいえば、ひとりぼっちなのである。たとえ両親のないみなしごの少年でも、おばあさんかおじいちゃんが健在で、その子をかわいがって育てている場合、わたしの言語感覚では孤児とはいえない）

わたしは、かわいがってくれる人がもういなくなったのだから、みなしごだった。

たぶん、みなしごでなくなりたい、というわたしの願望が、笹原サンとわたしを近づけたのかもしれなかった。

笹原サンは、むろん、おくさんも子供もいた。神戸の貿易会社の社長なので、従業員もいた。

おくさんを、わたしは見たことがない。名前が「登利子《とりこ》」だというので、わたしは、「バードさん」とよんでいた。そうしてそれは、いつのまにか、わたしと笹原サンのあいだの共通語になった。

バードさんは、たいそう熱心な教育ママだそうで、一年のうち半分は、家にいないそうである。東京と九州にいる息子たちの寮や下宿を見廻っているそうであった。

「高校からもう、遠い学校へ入れて下宿させよんねんからなあ。健康管理だけは、親御さんときどき来て、気ィつけてください、なんて学校がいうから、よけいハッスルして、いきよんねん。すべて本末転倒ですよ。そんな遠い学校へやるより、親の手元から近くの地元《じもと》校へ通わせた方がええのに」

と、笹原サンはいっていた。

笹原サンは、

「本末転倒」

ということがきらいなんだって。

物事の本質をみぬく、そしたらそこだけをじィーっとみつめて、あとのことは抛《ほ》ったらかしにしとけばいい。

だのに、世の人は大かた、物ごとの本質より、そこから派生した瑣末《さまつ》な、小さなことにこだわり、しまいにそれに捉《とら》われすぎて、本来の大事なことがみえなくなってしまう、それは、おろかしいことだ、と笹原サンはいう。

だから、バードさんが子供の教育問題に関心があるあまり、

「子供をつくった大元《おおもと》の、僕のことを忘れてしまうのは、本末転倒や」

と笹原サンはいうのだった。それから、本末転倒の例として、こんなことも話してくれた。

新聞の家庭欄に、女のひとばかり投書する欄がある。何気なくみてたら、病臥《びょうが》中の妻が、やさしく看護してくれる夫と子供に、心から感謝するという文章である。妻の

病気は、過労である。五人の子供たちが、小さいながらに母を心配して、これからはお母ちゃんが退院したらみんなでもっと手助けしよう、といい合い、妻を泣かせたという文面であるらしかった。

「これも本末転倒やわな」

と、笹原サンはふしぎそうに、

「大体、五人も子供つくるから、過労になるねん。そんなことしてあとでうれし泣きするより、子供つくらんといたらよろしいでしょう」

「アハハハ」

とわたしは笑ってしまう。笹原サンのいうことはどことなくおかしい。無邪気で、まじめにいっているのであるが、わたしには、おかしかった。

オトナの男の人、という気がせず、同年輩の若い人とあそんでいるようだった。でもやはり、青年たちとはすこし、ちがってた。

それは笹原サンが、無邪気でとても人がよかったからである。無邪気で人がよい、ということとは、自分に自信のある人でないと、それをさらけ出せないわけである。自分に自信があるのは、長く人生を戦って、しかも戦いに全勝してここまできたからかもしれない。

でも笹原サンには、勝った人の傲《おご》りはない。きっと負けかたも、無邪気だったのだろう。

わたしは、

「笹原サン好きよ」

といったら、笹原サンは、

「うれしいねえ、ほんとかねえ」

とぱっと顔を輝やかせていった。

「本末転倒したらいけない、というたやないの」

とわたしはいった。そしたら、笹原サンにひきよせられた。

笹原サンには、オトナの男の人のヘンな臭い（煙草《たばこ》のにおいとか、何かをたべたにおいとか、髯剃《ひげそ》りローションのにおい、金庫のにおい、事務机のひきだしのにおい）なんかちっともなかった。それから、ひきよせるときの力に、エゴイスティックなものがなくて、

（もし、よかったら、こっちへきませんか）

というような腕ののばしかただった。「こっち」というのは、笹原サンの胸板である。とても大きくて頑丈そうなので、ほそいわたしなんかは、

「スポッ」

とうまくはいりこみそうな、居心地よさそうな感じである。笹原サンは、背はふつうぐらいだけれど、とてもがっしりした体つきなので、見た眼は、たいへん大男にみえる。

午後にあうと、いつも、もう髯が濃くなりはじめている。それはまるで、何かのとり返しつかぬ悔恨に似ている。父も、姉の夫も、髯が濃くないので、笹原サンの頰や下顎《したあご》の濃い影は、わたしには珍らしかった。髯は濃いのに、笹原サンは額も、あたまのてっぺんも禿《は》げている。でも、それもわたしには無邪気にみえる。そうして、髯はざらざらして、痛いのに、彼の唇はやわらかいのだった。

それは山のてっぺんの公園だった。町へ下りて、わたしがとっつきのお店のショーウインドーに横目をつかったら、笹原サンは、

「何か、買《こ》うたげる」

といった。わたしは、ねだることが彼を喜ばせそうな感じがして、練り物の大きな珠《たま》をつらねたネックレスを指した。それは不透明な灰青色で、馬の眼ほどもある大きな珠だった。

「そんな大きなものをかけるの。重たすぎて、碧《みどり》の細っこい首が折れるよ」

と笹原サンはいったが、買ってくれた。わたしは焦茶《こげちゃ》のセーターを着ていたので、包んでもらわずにさっそく首にかけた。思ったほど重くなく、それに、珠のひんやりした冷たさが快よかった。一粒ずつ、唇にそっと触れながら歩いていたので、(坊さんの数珠《じゅず》みたいに長い)笹原サンにおくれた。駐車場で笹原サンはもう車に乗ってまっていた。

「フーラフーラ、歩きながら、一粒ずつ、齧《かじ》ってるようにみえた」

と笹原サンがいうので、わたしは笑わずにいられなかった。

会社でとてもいそがしい日があった。わたしは夢中で仕事をしていたため、笹原サンがいるのに気付かなかった。笹原サンは用事で来たがついでにわたしの仕事ぶりを見にいったということだ。

「真剣な顔をして働いとった。よう働く若者というのは、僕は好きやねえ」

わたしはたまたま、あの日、忙がしい日でよかったと内心、よろこんだ。笹原サンにほめられたり、気に入られたり、したかったので、どんな卑怯《ひきょう》な手段でも、いい点が加えられていくのはうれしかった。

バードさんが、東京に、子供たちの勉強のためのマンションを買ってから、笹原サンはほとんど一人きりらしいので、毎日のように会えた。笹原サンは、バードさんが、笹原サンの一ばん可愛《かわい》がっている娘サンまで東京へつれていき、名門の私立女子学園へ入れようとするので、バードさんに腹をたてていた。

「こまったオバサンや」

と笹原サンはいった。わたしは、そうですね、ともいえずに、ただ黙ってたけど、バードさんに悪い点が加えられていくことに、意地わるいひそかな喜びを持たずにはいられなかった。そうして「オバサン」というコトバにあてはめる字としては、わたしはなんとなく、「ヲバサン」とあてはめていた。見馴《みな》れた字の「オ」とちがってなにか馴染《なじ》みのない、よそよそしい「ヲバサン」の方が、バードさんにぴったりするようだった。

それより、笹原サンが、かわいがってる娘サンに対して、わたしはヤキモチをやいていた。そうしてまた意地わるくひそかに、（はやく東京へいってしまえ――）と思っていたが、それは、楽しみにしているお嬢さんの顔が見られなくなると、笹原サンを苦しめることになるので、ちょうど、半々の気分だった。

でもそんなことを考えるようになったのは、バードさんのヲバサンや、笹原サンの娘サンのことばかり意識し出したからである。

天道虫ホテルへいく前から、笹原サンは、バードさんと離婚する、といっていた。

バードさんは東京へいき、いま、子供たち三人は母親と東京暮らしである。でも、バードさんは、籍を抜くのを承知していない。男の子の就職に、両親が離婚してると不利だからだと信じている。事実上もう別居してるのに……。

「本末転倒ね」

「そうです」

笹原サンはおかしそうに笑った。

「しかしまあ、こうなってよかった。ちょうど碧がいてよかった。そうでないと、さびしかったやろうなあ」

「あたしがいなかったら、別居もしてなかったでしょう」

「いや、それは違う。バードさんは、僕に神戸の仕事を畳んで東京で仕事をやれ、というてた。そんなことでけへんがな。なんにしろ、いやになってたのとちがいますか、双方とも。——碧のためにこうなったんとちがう、第一、バードさんの東京ゆきの方が、ここのホテルへ来だしたより早い。そやろ?」

「手帖《てちよう》みないとわからない」

といったけど、わたしは天道虫ホテルへ来た日のことをおぼえていた。ざんざん降りの雨で、その日に限って笹原サンは車を持って来なくてタクシーもつかまらず、わ

たしたちはずぶぬれになってしまった。坂のてっぺんのホテルへ飛びこんで、

「こう濡《ぬ》れたら車にも乗られへん。乾かして帰ろう」

と笹原サンはいうのだった。わたしはなにしろ、笹原サンと一緒だと、まるで短大の学園祭に父兄同伴で見にいくような感じなので、

「ウン」

といった。それでも部屋へはいると、濡れた服のまま、テレビをつけてみていた。

「あほやなあ。風邪ひくよ、脱いでこれ着なさい」

そういって笹原サンは浴衣《ゆかた》を渡してくれた。ついでにテレビを消した。

「うるさい」

といって。風邪ひくといけない、というので、お風呂《ふろ》へはいったりして、わたしも一本煙草をもらって喫《す》ったけど、ちっとも美味《おい》しくなかった。中学生のときにも、友達が美味しそうに喫うのでもらってのんでみたけど、やっぱり進歩してない。お酒はのめるけれど……。

でもお酒より煙草より、やはりわたしを酔わせるのは「笹原サン」であった。

「笹原サン」

「何ですか」

口ではいえない。わたしは波の下に潜る水鳥のようにふとんにもぐって、笹原サンのそばへいった。笹原サンは枕元《まくらもと》の灰皿に煙草をこすりつけて消すと、くるりとあおむいてわたしのあたまを脇《わき》の下へ抱いて、片方の手で指を折ってかぞえ出した。

「一、二、三……」

「なあに、それ」

「いや、下の息子が大学出るまで何年あるのかな、とふと思うて。碧と結婚するのに」

「もう、してます」

わたしは笹原サンの脇の下から声を出した。すると、笹原サンの匂《にお》いのいい腋窩《わき》のさらさらした毛が、わたしの顔に触れるのだった。

「いや、やっぱり、ちゃんとしよう。僕はそんなん要らんけど、碧ははじめてやから、盛大に、豪華な式をやりたいのとちがうかなあと思《おも》て。姉さんらにも具合わるいし、碧がかわいそうやから」

「あたしと結婚するつもりやったの?」

とわたしがびっくりすると、

「するつもり、なかったん?」

と笹原サンの方がびっくりした。

「僕、自分がそう思いこんでたから、碧もそうやろうと、思いこんでた」

「それは、したいけれど。そうなったら、どんなにいいでしょう」

わたしは、おわりの方はためいきになった。笹原サンといるほど、安心な、たのしい気持になったことは、ほかの誰に対してもなかったし、いっしょにいることを世の中の人みんなにゆるして認めてもらうことができれば、とてもうれしかった。神サマはとてもわたしにやさしくしてくれる、笹原サンにあわせてくれたし、笹原サンにわたしと結婚しようという考えを吹き込んでくれたし……。

でも、一方でわたしは、神サマのやさしさを、わたしに衝撃を与える力を隠したやさしさのようにも感じた。

そのため、その疑いがわたしの心を鎧《よろ》っていて、わたしをどこかおちつかなくさせていた。

「年齢《とし》がちがうというてみんな、びっくりするやろね！」

わたしはくすっと笑った。笹原サンは、無邪気な少年のように、得意そうに、ニタッと笑って、

「なあに。あいつは変りもんやからと、僕はもうみとめられてるから。そんなこと、

それこそ本末転倒ですよ。好きやから、誰にも渡しとうないねん、碧を。それだけ」

笹原サンは、

「うわ。繊《ほそ》っこい骨。折れたらどないしょ。怖《こお》うて、よう扱わんワ」

といいながら、わたしを抱きしめたが、あんまり力も入れているようにみえないのに、息も詰まるかと思われた。でも、それはわたしの喜びのせいで、息が詰ったのかもしれない。

笹原サンは、三宮のバーに腰をおろすなり、

「今夜はいそがしい。運送屋せんならんから、ゆっくり飲んでられへん」

という。

「何で?」

「荷物はこびをする。家をみつけたから。山のてっぺんやけど、車が途中までしか通れへんからね――えっちらおっちらと運ぼう」

「マンションやないの?」

「庭のある方がええ、と思うてね。マンションなんて風情《ふぜい》ないよ」

わたしは、天道虫《てんとうむし》ホテルにゆけないのがすこし不満であった。笹原サンは呆《あき》れていた。

「もう二年通うてるねんで。あそこ。ええかげんに飽きてしまうヮ」

「そんな山のてっぺんへ行かなくても、笹原サンと一緒やったら、どんな所でもいいのに」

「阿呆《あほ》」

と笹原サンはいって、すぐ立った。

とにかく、結婚するまで、一緒にいられる所をさがそうということになって、笹原サンはこのあいだから、住み家をさがしていた。笹原サンの下の息子サンが大学を出るのはもう、二年先であった。二年たてば、バードさんは離婚する。（はずである）

それはともかく、笹原サンは、それまでまち切れないから、わたしとどこかで一戸を構えようとしていた。笹原サンはそこから、中山手《なかやまて》の会社へかよう、という。

車のうしろのシートには、蒲団《ふとん》が積んであった。

「いそぐから、とりあえず、家のを持ってきた」

笹原サンはたのしそうにニッコリし、わたしもそれに釣られてうきうきしてきた。

「まあ。もう、泊れるの、そこ？」

「泊れますよ。大工も入れて造作して掃除した。ガスも電気も水道も来てる。電話だけ、まだついてないけど。——先に、いちばん急ぐ台所のものだけ、買いにいこう」

「突然いうんだもん！　前からいうて、たのしみにさせてくれたらいいのに！」

わたしは貪欲《どんよく》なので、あんまり大きなうれしさを一度に貰《もら》うより、なしくずしに喜ばせられたかった。

「びっくりさせたろ、思《おも》て」

笹原サンは車のなかで、わたしにちょっとキスした。それから元町通りへ、買物にいった。私はかぞえ立ててた。

「お茶の道具と、コーヒーカップ、それにお箸《はし》、どんぶり」

「何するねん、どんぶりなんか」

「ラーメンたべるでしょ」

というと笹原サンは笑い出した。

「グラスを忘れんようにしてくれ、酒の」

「タオルや歯ブラシは？」

「あるわけないでしょ、ホテルと違うんやから！」

コマゴマした買物が、じつにたのしかった。

笹原サンはみんな持ってくれ、みんな支払ってくれた。食品店へいって、ウイスキーやお茶の葉、インスタントコーヒー、ハムなんか買いこむ。

「一家創立ということは、いや、金の掛ることでありますねえ」

と笹原サンは文句をいいながら、極上の上機嫌。

わたしたちは、車でそれを山の中腹まではこび、そこからさらに石段を上へ、荷物をもって上るのだった。上にもかなり家があるらしく、時折は人も通った。わたしは、車にいて、荷物の番をする。笹原サンは何往復かしたが、べつに息切れもせず、蒲団もはこびあげてしまった。

最後の荷物を、わたしと二人、手に持ってあがった。

暗い庭の戸をおし開くと、小ぢんまりした洋館に、ドアも窓もひらかれて、電灯があかあかとついていた。近くへくると笹原サンはわたしの手から荷物をとって運び、目をつぶらせて、中へ入れた。もういいよ、というので目をあけてみると、きれいな壁紙を張ったかわいい洋間だった。持っていった荷物が、むき出しの床に山のように積んであった。わたしは夢中で見てあるいた。窓は海に向ってひらかれ、台所の窓だけ、山に向いていた。ハンノキが、台所の窓にかぶさっているらしいが、夜なので見えない。そのかわり、海をゆく船の灯が、あざやかにみえる。芝生が海に向いてあって、二階にも部屋があるようだった。

わたしは、笹原サンの首ったまにかじりつき、

「ここに、笹原サンと住むの？　二人だけで？」

と、あんまりうれしいので、涙が出てしまって、恥ずかしかった。

「笹原サン、というのを、何とか変えてもらわんといかんなあ」

と笹原サンはいった。何か、ほかの呼びかたを思いつく位なら、とっくにそうしてる。笹原サンは笹原サンだから、しかたないでしょ。

「ああ、うれしい！」

わたしがほんとに喜んだので、笹原サンも満足したみたいだった。

「気に入ったやろ？　マンションや団地より、ええよ」

「むろんのことよ、ここなら鳥も来るでしょうね。あたし、花を作ろうかなあ」

「僕は、花も鳥も要らん、ここで碧と寝たいだけ」

「…………！」

わたしは笹原サンの腕を思いっきり、ぎゅうとつねってやった。

「痛《いた》」

と笹原サンは平気でいって、何しろ、家具も何もない、がらんどうの家、ベッドも

ないので、床に蒲団をしいた。

「今夜はここで泊ろう。家具はそのうち、ゆっくり買おう」


「あたしの好きなの、選ばせてね」

「ここは碧の家やないか。好きなのにしなさい」

朝、台所にあたたかい日が当った。もう、春みたいな日ざしだった。

胸のうす黄色い、そしておなかの方は美しいグレー、背は黒の鳥が来て、枝を鳴らして飛び立ち、また来た。わたしはさっそく、

「春つげ鳥」

という名を、その鳥に与えた。ほんとうは春つげ鳥は、うぐいすの名なんだけど、でもわたしには、その鳥は、まるでわたしの幸福の象徴のように思えたから。

わたしは会社をやめた。

引っこしの日は、姉夫婦も、手伝いに来てくれて、この家をほめてくれた。

笹原サンは、この家はあたらしい荷物ばかりにしなさい、といい、自分のものは何もここへ持ってこない。みんな、わたしが見たてて買うので、一カ月ばかりいそがしくて夢中で家のなかをととのえていた。

あのころほど充実した深い時間はなかった。海が濃さを増し、芝生が青くなると、

春告鳥《はるつげ》は、毎朝、姿をみせた。

笹原サンは八時半に家を出ていく。

「今日は何が来るねん?」

ときく。家具のことである。

「ロッキングチェアよ。海のみえる廊下におくの。いいでしょう?」

「どうぞ」

笹原サンは何でも許すが、わたしの買ったベッドだけはかなわないという。やわらかすぎてうっとうしいという。大学時代に柔道をやった笹原サンは、かたい床のほうが好きもしいらしかった。わたしたちはずうっと、ベッドがあるのに床にじかに蒲団をしいて寝ていた。でも、わたしには、そのほうがよかった。ドアをあけ放しとくと、寝ていても海がみえたから。——そして高台なので、庭の向うに、人は通らなかった。

毎夜、笹原サンは正確に七時ごろ帰る。石段を昇ってくる足音は、わたしを幸福で涙ぐませる。

ロッキングチェアを早くみせよう。彫刻のある、わたしのお気にいりの椅子《いす》を。

でも、その夜、笹原サンは、いつまで待っても帰らなかった。

会社で倒れてそのまま病院へ連れていかれて、死んだ。心臓発作だった。あたらしく山の上の家にうつって、二カ月ぐらいのときである。

わたしはいま、ひとりで町の中の小さいアパートに住み、新しい会社へ勤めている。町にもどこにも、春つげ鳥の姿をみることはない。正確な名を知る機会はなくなってしまった。

もしかしたら笹原サンは、わたしに、あの春つげ鳥を見せるために、わたしにめぐりあったのではないかと思われる。でも、笹原サンをこいしいと思うより春つげ鳥がなつかしいというのは、本末転倒かしら。

りちぎな恋人

私って、わりにりちぎなほうである。

というより、融通がきかない、というべきかもしれない。(これも長いことかけて、やっとわかった。ほんとなら、そういう省察もできないところだった。またいえば、りちぎであることを、美徳とばかり、思っていた)

日曜、朝からうれしかった。

今日は、夜、彼が来る約束である。

家へ迎えにきてくれて、そうして二人で、神戸へあそびにいくことになっている。

彼の休日は、日曜と限っていないので、私の休みと重なることはなかなか、ない。

私は、日曜は休みである。

いや、隔週に土曜も休みなのだが、土曜は稽古《けいこ》ごとがあって、いそがしい。何しろ私はりちぎだから、めったに休まない。月謝を払ってるから、勿体《もったい》ない、と思ってしまう。

――りちぎ、ということと、ケチ、ということと関係あるかもしれない。「りちぎ者の子だくさん」というイロハがるたがあり、私はそれがどういう意味か、さっぱり昔からわからなかった。子供のころはワケもわからず、無邪気に声はりあげて読んでいたが、成長してからは、はずかしくてよめなくなった。私はもう、「子だくさん」という意味を、りちぎにくっつけて考えるようになったからである。つまり、りちぎな人は、結婚したからには、セッセと妻を愛するべきだ、と思う。また、せっかく妻というものがあるのに、むつみ合わないのは勿体ない、とケチ精神を発揮する、そういう意味だと思っていたのだ。

彼に、いつかそんな話をしたら、

「ぷっ」

と吹き出していた。

彼は、自分からはおかしいことはいわないが、わりにユーモアを解するほうである。

「セッセと妻を愛するから子供がたくさんできる、それでりちぎ者の子だくさん、というコトワザが出来たのです」

と私は、得意になって説明した。

「それは、かおりちゃんの新解釈か?」

彼はいった。

「だろうと思うよ」

ほんとに、私がみた本には、その意味の説明を、「りちぎ者は、まじめということ。まじめな人は子供が多い。それは、遊里へ足をふみ入れたり、愛人をよそに作ったり、しないということである。よって、多く子供ができる。そうして子宝というごとく、よい子にめぐまれ、晩年安楽であるがゆえに、人はすべからく、りちぎ者であるべきである、という教訓をふくんでいる」なんて、書いてあった。

でも、そんな教訓なんか、ないと私には思われる。

このかるたでは、少くとも、りちぎ者はわらわれている。

すこしバカにされている。

「そうやな」

と、彼もいった。

「かおりちゃんのセンスはなかなか、ええと思うよ。たぶん、かおりちゃんのいうように、義理がたいのとケチ精神とで、りちぎ者は子だくさんになるのやろうなあ」

と同意した。そういう、ワケのわかったところが、彼にはある。(だから私は、彼

と、とても話が合う、と思っている。人生や、人間に対して、ツーカーで通じ合えると信じている)

人生や、人間にはツーカーで通じるが、もっと大切なこと、私との仲について、どう思ってるのか、そこがもうひとつ、ハッキリしない。

だから、りちぎ者の私としては、彼に向っていると、イライラする。

私とつき合っていて、物欲しそうな顔を、ちっともしない。私も、あんまり露骨に迫るわけにもいかず、それらしく仄《ほの》めかしても、

「いや……べつに。その……」

というようなことばかり、いっている。

彼の特徴は、言葉の最後が、いつも独白のように、自分自身への返事になってしまうことである。

「結婚するつもりあるの？　私と」

というと、

「そうやな。……うん、……そのつもりではいるんやけど。ハッキリせな、いかんのやけどな。どういうかね、その」

と、自問自答みたいになって、私には語尾が聞こえぬことがある。

語尾に、いつも「……」がつく感じで、しかしそれは私には、煮えきらない、とか、歯がゆい、とかいう以上に、彼のあたまのよさみたいなものに原因してるとも思われる。

自分の気持を忠実に話そうとすると、考えをまとめるため、どうしても口重になり、いちばん適切な言葉をえらぼうとすると、時間がかかる、そういうものではなかろうか、と思うのだ。

かなり、彼に味方して考えている。

それはしかたない。彼が好きだから、何でもよくみえる。

彼に、いつも何かまつわりついている影のようなものも、私にはへんに魅惑的である。

彼は、会社の先輩だったが、いまは会社をやめている。大学のとき、学園紛争にまきこまれて、大学を中退し、いろんな職業を遍歴してウチの会社にきたそうだ。でもそこも二年あまりして辞めて、いまは造園業の会社につとめている。

といっても、家の中で机に向っている仕事や、セールスではなくて、小型トラックを運転して、植木をはこんでいるのだそうである。

外にばかりいるから、日に焼けて、本心がみえないくらい、真っ黒な顔になっている。

いつもあやふやな、オズオズした微笑の波が、黒い顔にある。

会社へ入ったときから、私は彼が好きになった。おとなしくてやさしい。それに、男らしい。腹黒い所なんか、ちっともない。自分のミスを人に転嫁したり、反対に人の功績を自分のもののように上司にいったり、しない。女の子をよくかばってくれる。ただ、いつもあんまり物をいわず、出しゃばらないので、目立たない。

だから、課の女の子たちは、若い独身の花婿《はなむこ》候補の中から、彼だけはぶいている。

「何たって、あの人、中退だし、コネで入って正規の社員じゃないから……」

「ちょっとコースにのれないでしょうね」

「あれは別格。藤村サンは、一人浮き上ってるわよ」

「友達もないみたい」

藤村サンは、ホカの同僚とことに親しくする、というのでもない。いつも一人でいる。

「それに陰気くさくて優柔不断よ」

という子もある。

私にはそう思えなかった。笑いかたに気よわいものがあるけれど、とてもやさしいものが、にじんでいると思った。私は彼が好きになっていたので、友達が目をつけないことを喜んでいた。

掃除のおばさんや、会社の運転手に、彼は評判がいい。「やさしくてええ子や」と、みなほめていた。そういう人たちがほめるのは、また別な人間の評価をするのである。私は、いい結婚条件にあこがれている女の子や、上司の評判よりも、おばさんたちにほめられる彼を信じられる気がした。

私は彼と親しくなりたいと思ったけど、彼は私にそんな気はなさそうだった。

私は、彼が気のつかぬように、一生けんめい、仕事の上で彼をたすけていた。女の子がその気になれば、とてもよく気が利《き》き、親切に、居ごこちよい場所を作ってやれるものなのだった。私は、彼に知られないように、うまく心くばりして彼に尽していた。

私は、彼に夢中になっていたが、そんなことは気《け》ぶりにも出さないようにしていた。だんだん好きになる。彼が上衣《うわぎ》をとってワイシャツの腕をまくりあげてるような姿さえ好ましくなる。銀行の人としゃべっている声まで好きである。おとなしげな雰囲気《ふんいき》もいい。

伝票をめくっている指先まで好きになってうっとりするのだから、たいへんんだ。

でも私は、いちばん美味《おい》しいたべものは、あとまわしにするクセがあるので、誰にも言わず、当の藤村サンその人にもむろん打ちあけず、毎日、好きな男といっしょに仕事できるので、会社へくるのを楽しみにしていた。

楽しみだけれど、彼にベタベタしたりしない。なれなれしくしたら、目ざとい女の子にすぐ、けどられてしまう。

私はむしろ、ほかの男の子と仲よくしていた。私にも、つき合ってほしいという独身の社員がいるのである。

ちょっとみると、むしろ、そういう人たちに、私は気があるようにふるまっていたかもしれない。そのくせ私は、彼らに、それとなく、藤村サンの噂《うわさ》ばかり聞いていた。

そんな一人から、彼が辞めるらしい、というのをきいた。私はあくる日、会社へいくなり、すぐ彼の席へいき、大声で、

「オハヨッ。ねえ、藤村サン！」

といって、かがみこんだ。

藤村サンは、新聞をよんでいる。

「ねえねえ、ちょっと」

と私は声を低めていった。

あんまり大っぴらにやったので、誰もこっちに注意していない。

「ここ、やめるってほんと？」

彼はおとなしく、

「うん、二、三日して」

といった。

「ふうん」

私は、だまってしまった。あんまり突然だったので、それきり、物がいえない。

「いろいろお世話になってありがとう」

と彼はいった。私は返事もできなかった。

その晩、はじめて彼は、私をさそってくれた。安いおすし屋である。

「あの会社はどうも、性《しょう》に合わん気がして。それに、事務のしごと、僕にはどうもねえ」

「こんど、何するの」

「植木屋ですよ。そこの運転手やけど……」

「……」

「どうした」

と藤村サンは、私の盃《さかずき》にお酒をついでくれた。

「飲めるんやろ、竹田サン。竹田サンにはいろいろよくしてもらってありがたかった。まあ、元気でな」

「なんで、やめるの？」

と私は呟《つぶや》いた。さびしかった。

「そやから、いうたやろ、性に合わんねん。ああいうとこの人間関係、息がつまりそうな気がする」

藤村サンは、いくらでも酒を飲んだが、ちっとも乱れず、顔色にも出なかった。こんなに酒の強い人って、私ははじめて見た。ウチの課の慰安旅行のとき、男の社員たちがたやすく酔っぱらうのを見るから。藤村サンが、お酒を飲んでたのも、あまり見たこと、ない気がする。

もしかしたら、会社でみる彼は、かなり、うわべをとりつくろっていたのかもしれない。

藤村サンのおくそこには、誰にもみせないドロドロのものが、澱《よど》んでいるのかもしれない。それが、おとなしい藤村サンにまつわる、名状しがたい影かもしれない。

「ああ、でも、竹田サンにわかれるのだけがつらいな」

彼は急にいった。

「さびしいよ」

私は耳を疑い、ぼんやりして、お猪口《ちょこ》をひねくっていた。

彼はまた、そこへ酒をついで、

「竹田サン、よう気イ使うて、親切にしてくれたね。僕、ようわかってたんで」

私は、それだけで、ぴしゃっと帳尻《ちょうじり》が合ったような、生理的快感をおぼえた。彼に知られぬように献身する、といっても、やっぱり、りちぎな私としては、

(よくわかっていた。かねて知っていた)

といわれるとうれしいのだった。

「わかってた?」

と思わず、うれしそうな声になったら、

「うん。そらあたり前や。好きや、思うてる子のしてくれる親切は、すぐわかるもんや」

藤村サンはいい、私の手を握った。べつに酔っての上のことではないみたい。酔ったふりもしていない。

「出よう」

というので、私は、

「うん」

と、夢でも見てるようである。よっぽど、ぼうとしてたのか、スカーフを忘れてきた。

藤村サンが持ってきてくれた。

「もう一軒、飲もう。かまいませんか」

「ええわ」

「遅うなったら、送るから」

私はそれより、さっきの言葉をもういちど聞きたかった。あれはつまり、彼の告白である。

そういうめざましい言葉は、何べんでも聞かないと気がすまない。

ミナミからキタへ出て、藤村サンの知ってる小さいバーへいった。腰をおろすなり、

「さっき、何か、いうた？」

と私は催促する。

「おそうなったら、送る、いうた」

彼はこんどはウイスキーを飲んでいる。

「その前」

「もう一軒、いこう、って」

「その、もっと前」

「竹田サンが親切にしてくれた礼をいいました」

「そのあと」

「お愛想《あいそ》してんか、いうて、すし屋にどなったかな」

「その前」

「うるさい奴《やつ》ちゃな。何をいうた？　僕」

と藤村サンはいって、とぼけていた。中々いわない。二人で笑ってしまった。

「また電話して」

「うん、おちついたら電話する。手紙書くよ」

というので、私は、メモに住所を書いた。

藤村サンはすこし酔ったみたいだった。

「オレは、かなわんかったなあ、あんな会社」

とじっと頭を抱えて考えこんだ。

「どっちみち、クビになる所。そのうちには。いやな奴ばっかりやったなあ。けど、竹田サンのおかげで、たのしかったような気ィするなあ……竹田サンがいてへんかったら、もっと早う、やめてたと思うな」

そこのところは聞いたのだ。その、もっと先のところだ。

「あたし、好きやった？」

なんて、聞いてみる。ちゃんと、ハッキリ念を押していわれないとこまるのだ。

「僕は、女の子は怖いんでしてねえ」

見当ちがいのことをいってる。藤村サンはかなり酔ったみたいで、しまりなく笑っている。

「何かいうと、とっちめられそうで、あまりしゃべれません」

「何も、とっちめてませんよ、でも、ハッキリしたいんですよ」

「何を」

「その。白か黒か」

「ウーン。そのあいだの格子縞《こうしじま》ぐらいでどないですか、ハッキリいわんかて、以心伝心《いしんでんしん》、わかるやありませんか、人間というのは」

こんな饒舌《じょうぜつ》になった藤村サンを見たのも、はじめてである。もうおわかれという頃になって、私は、めあたらしい藤村サンを見たので、とても興味があった。と共に未練もあった。

「でも、ちゃんと判決してすっきり、しといた方がええよ」

会社でまたあえるのなら、何も、ハッキリ聞かなくてもいいのだ。会社であえる仲なら、むしろ、ハッキリ聞かないほうが、私には、いい。顔を見合せて、バツがわるくなったり、てれたりするのは、こまる。

でも、もう二、三日したら、彼は会社へ出てこなくなる。そういうときは、チャンとしておきたい。そしたら、あとあとの整理がしやすい。

更に、私は、藤村サンがこんごもつきあってほしい、というならそのつもりである。

けれど藤村サンは、

「うーん、まあ、手紙をかいて。そうしてそのときの都合ですなあ、気分次第です」

なんていう。

「なんでも、あんまりハッキリ前以《まえもつ》てしてない方が、うごき易《やす》いのとちがいますか

……」

最後は必ず、自分で自分にたしかめるような語調になる。私は、会社の女の子が「優柔不断」といっていた言葉を思い出したり、した。

そこを出て、私たちはまた、盛り場を歩いている。何か、ありそうな、もどかしい

感じでいる。でも藤村サンは私の肩を抱いてるのがせい一ぱい、キスもしてくれない。

「つめたい手ェやなあ」

と私の手をとってびっくりしたようにいう。

「……しんどいわ」

と私がいうと、藤村サンは、

「タクシー呼ぶから」

というのであった。どこかへ、寄って、やすんでいこか、というかと思ったら。

さむいと思ったら、みぞれになった。

「ヒャー冷たい」

と私がいうと、彼は自分のコートのポケットへ、私の手をつっこんでくれた。

「凍りそ。どこかへあったまりにいきたい」

と私がいうと、藤村サンは知らぬふりで、

「車かて、暖《ぬく》いで」

といって、走ってきたタクシーに手をあげた。どれもとまらない。みぞれのおかげで、あっちでもこっちでも、手をあげているものだから、空車なんか、ぜんぜん、来ない。

向うへいけば、暖かそうなホテルがいくつもあるけどな、と私は酔いのまわったあたまで考えた。どうでも、今夜、藤村サンとどうこう、なりたいというのではないけど、やっぱり、このままでは、あっけない気もするのだ。

私は、未経験だったけど、酔ってるから、そのことに大きな意味があると思えなくなっている。

それよりも、好ましい発見は、藤村サンの腕の中にすっぽり入って、みぞれを避けながら、ちっとも、いやな気持や、違和感がないことである。

男の人の中には、肘《ひじ》が触れあっても、いい気のしないのがいて、こういうのこそ、毛色が気にくわぬという奴であろう。

しかし、藤村サンなら、どんなに接触しても平気である。彼の酒と煙草《たばこ》の匂《にお》いの沁《し》みついた服やワイシャツを、くんくん嗅《か》いでても、酔いの美しくまわったあたまには、いいきもちである。

「あの車、停まらへんかったら、どこかへいこ」

と私は、遠くの方から、みぞれをついて走ってくるヘッドライトをみて、ささやいた。

車は、びしゃびしゃと飛沫《ひまつ》をあげて近づいてくる。

私は、さすがに、どうしても「ホテル」なんていえない。

「寒いから、あったまる所へいきたい」

としか、提唱できない。

「うん。よっしゃ」

と藤村サンは、無造作にいって、手をあげていた。

そしたら、車は停まった。

車の中で、私は藤村サンの肩にあたまをもたせて、うっとり眠っていた。酔っぱらいすぎて、あたまがハッキリしないのが、たいそう残念である。りちぎ者の私としては、こういう幸福を、ハッキリ、らんらんと両眼をあいて、みとどけ、かみしめられないのが、くやしいのであった。

しかし藤村サンにもたれかかって、じっとしてるのも、いいきもちだった。夢かうつつか、雲の上を踏んでるような気持。藤村サンはどんな顔をしてるのだろう、と薄眼をあけてみたら、彼もねむたそうに半眼を閉じていた。

それから、欠伸《あくび》した。

そうして、

「ねときなさい。着いたら起すから」

と私のあたまを叩《たた》いた。

会社をやめてから、ちゃんと約束のように手紙が来た。それで、私は会いにいった。

ちょっとの間に、ものすごく日焼けしてる。

「いやあ、仕事がきつうて。休みの日はもう、朝からごろごろしてるけど、気分はええね。健康になった」

「すこし太った？」

「太った。メシ食うて、よう眠って、くたくたになるまで働いてるだけやもん」

私は、しばらくぶりに会うのだと思って、ぴらぴらしたフリルのある、派手な、かわいらしい服を着飾っていっていた。藤村サンは皮ジャンパーに、白いセーターで、着やすそうにくたびれたズボンをはいて、のんびりした姿だった。

オズオズと笑う、やさしそうな笑顔もいい。

「今夜、おそうなるって、ことわって出てきたから。何なら泊ってもええのよ」

と飲みながら私がいうと、藤村サンは、何だかぎょっとした顔になった。

それからは、ゆっくりせず、ソワソワしたふうにあわただしく、

「ほな、ぼちぼち帰るか。おそなるよって」

というのであった。

私は、ほとんど腹をたてた。藤村サンは私がきらいなのであろうか。それなら、どうして、私に、手紙をよこしたり、電話したり、するのだろう。

「かおりちゃん」

なんて、手紙に書き、二人でいると、口にもするのに、そのつもりで出ていくと、きまって、何ごともなく、帰ってしまう。

日曜に、めずらしく二人の休日が重なったので、ちょっと早い目に遊びにいこう、ということになった。私は、両親といるから、ほんとうは、家をあけたらたいへんだけれど、

「もしかしたら、ミヨコの所で泊る」

と、学校友達の名前をいってある。いままで三、四へんそういったけど、そのたびに、十一時にはもう帰宅していたから、お袋の信用はあるのだ。私はその日も、ミヨコの名をもち出しておいた。細工は流々。準備万端ととのった。

彼は五時ごろにくるというので、私は、おひるすぎ、セットにいくつもりだった。髪の毛はぼうぼうになって乱れているのだ。化粧は、四時にはじめればよい。

着てゆく服をえらんで、私はアイロンをかけた。

バッグの中には、洗顔道具まで入れた。ひょっとして、おふろへ入ることがあるかもしれないので。どきどきするようなスリルであった。やっぱり、女のもちものは数が多いので、私は思い直して、大型のバッグに入れたりした。私は、小さなパンティまで詰めておいた。うまくことがはこべばいいんだけど。

まるで旅行みたいに、入れたり出したりして、やっきになってバッグに詰めこんでいると、そこへ、

「やあ。ちょっと早いけど」

と思いがけなく藤村サンがきた。

「あのう、僕、夜は仕事になったんで、いまからいって遊びませんか。寒いけどお天気ええし。会社の車、借りて来とんねん。ワゴンやけどね、そのへんへいってみようか」

私は、髪も、化粧も何も用意ができていない。てかてかに光った顔で、突立《つった》っていた。

きちんときめた時間に、きめた手筈《てはず》で、やってくれなくてはこまるのだ。

「なんでそう、だしぬけなこと、すんの！」

と私はいった。

「なんで、勝手なことばかり、すんのよ、こっちも都合があるんですからね、……」

「…………」

藤村サンはびっくりしている。

「昼なんかうろついて、どうすんの！」

藤村サンは、私のいうことがさっぱり、のみこめないようであった。そして私もまた、何を口走ってるのか、気付かなかった。りちぎな私は、私のもくろみをりちぎに実行することしか考えていない。

雨の降ってた残業の夜

夕方、ひどい雨風になった。バケツをひっくり返したような雨。

こんな日に残業なんて、ほんとうに気が滅入《めい》るんであります。

八時まではかかるだろうなあ。しかたない。

蓬莱軒《ほうらいけん》のやきめしを、電話で一つたのむ。

さっきまでは、明日出張する大野さんも、係長も残っていた。そうして仕事の打合せをしていた。

だが、ちょっと前に切りあげて、

「ほな、わるいけどたのむ。お先に……」

と帰っていった。私は大野さんが明日出張するための書類を、今晩中にそろえなければならない。いつもの、定期の出張なら、二、三日前にちゃんと用意できているのであるが、（私は有能なOLのつもり）今回は突然だったから。

「すまんね。斉《さい》ちゃん、ネズミに曳《ひ》かれんようにしてや」

と係長も気の毒がった。

「そんなヒヨワなたおやめじゃございませんよ」

と私がいったら、男たちは笑って帰っていった。

だって、勤続六年、二十五歳のベテランOLといたしましては、一人で残業、なんて珍らしくもないのだ。それに……なぜか、私のところへ仕事がかたよって押しよせてくる。

若い女の子は、かげで私のことを、

（有能な人ってソンね。えらい目をみるようになってんのやから。自分が会社に役にたつと思いこんで、人一倍、働かされてるなんて、あほみたい）

といってるそうである。

それはそうかもしれないが、しかし、きちんと仕事したいのが私のクセなのだから、しかたない。

いいかげんなこと、できない。

仕事そのものも、私はきらいではない。こまかい数字や漢字をびっしり書きこんでゆくこと、そろばんを入れること、みな好き。

課の男の人たちに、

「斉ちゃんの字、きれいね」

「よみやすいよ」

と喜ばれるのも好き。

私は、ナゼカ入社したときから、斉藤をもじって斉ちゃんと呼ばれている。呼ばないのは、係長や課長だけ、それでもどうかするといそがしいときは課長もつい、斉ちゃん、なんて呼ぶ。

仕事はきらいではないが、煌々《こうこう》と灯のあかるい部屋で、たった一人、仕事してるのは張合がなくて、何か、むなしいものだ。廊下の突当りの総務部で碁《ご》を打っていた来月定年のエライさん二人、帰りに、ウチの営業課のドアをあけて、

「お、斉ちゃん、また残業か」

といった。

「ハーイ！　大好きな残業でーす！」

「えらい元気やな」

「せめて声なと景気つけんとたまりません」

「せえだい、まあ、儲《もう》けてや」

「大きに」

二人が帰ってしまうと、また、しーんとする。パチパチという私のそろばんの音だけ。

トイレへいって帰ってみるとおどろいた、岸辺じゅん子がいる。とっくに帰ったと思ったのに。コートを着て帰り支度をしたまま、窓から雨の街をみおろしている。

「おやおや、まだいてたん？」

「えらい雨やねえ。千葉クンがまだ帰らへんのよ……」

と心配そう。

千葉クンは、じゅん子の恋人である。といっても、じゅん子の一方的なご執心で、恋人にしてるだけで、千葉クンの方は、どう思ってるかわからない。愛嬌《あいきよう》のいい、愉快な青年で、営業課のなかでは、やりてだという評判であるが、私やじゅん子より二つ年下の二十三である。

「どこいってんのかなあ、こんな雨やのに。……あの子、風邪ひいてんのよ」

と、じゅん子はまるで新婚の夫をまつ、花嫁みたい。

あほらしくてみていられない。じゅん子が千葉クンに惚《ほ》れてるのは、女の子で知らないものはなく、いまや、課の男の人にも知られているみたい。

「ええかげんにしなさい！」

と私はじゅん子の背中をどやしつけた。

「もう帰ったんとちがう？　直接——」

営業課の男たちは、朝になると働き蜂《ばち》のように四方へ出かけていき、夕方、てんでに一匹ずつ、舞い戻ってくる。しかし、遠いところへ出かけた人は、そのまま、家へ帰ることもあった。

「ううん。おひる、課長に電話があって、堺《さかい》工場へ寄って会社へ帰る、いうてたみたい。そやから帰るはずやけどねえ……」

千葉クンの動静をよく知っている。

課長への電話にまで、いちいち気をくばっているらしい。千葉クンからの電話、というので、きき耳をたてていたのだろう。

何のために会社へ来てるんだか、きっと千葉クンに会うためだろう。そんなに夢中になれる相手があるなんて、うらやましいようなものだ。

千葉クンは気持のよい青年ではあるが、私はとてものことに、じゅん子みたいにのめりこむ気はしない。第一、年下の男なんて、私ははなから候補に入れていないのだ。

「帰ってきたら、熱いお茶を淹《い》れてあげよう、思うて、お湯をしゅんしゅん沸かしてるんやけど」

と、じゅん子は物思わしげにいう。

「ではせっかくのお湯で、あわれな残業の斉ちゃんのためにお茶を淹れて下さい」

と私はいった。じゅん子は真顔で、

「あんたのためには淹れないわよ。自分で勝手に淹れたら？」

「そういう気ィか」

「あたりき。あたしいま、千葉クンのことで胸がいっぱい。ちょっとでも動いたら、こぼれそう。交通事故でも遭《お》うたん、ちがうかしらん。千葉クンの家へ電話してみようかな？　どう思う？」

と、じゅん子は、全然、これがまじめなのである。冗談でいうのならたすかるけど、いい年してまじめでいうので、こっちはどんな顔してたらいいのか、

「どうぞご勝手に」

と私は匙《さじ》を投げてしまう。じゅん子はシッカリした、センスのいい子であったが、ヌケヌケとそういうことをいうようになっている。

私はひそかに思っている。

ヌケヌケした面をもつ恋は、少くとも二十五歳、お肌の曲り角の女にはもう似つか

わしくない。二十五の女の恋は、もっとしゃれて、すっきりした恋をするべきである。

じゅん子は、かなり趣味のいい方だったのに、いまはちょっと血迷ってるという感じ。

それは若い女の子がかげで嗤《わら》ってるように、

「年増《としま》のふかなさけ」

というのに近いかもしれない。

課の男の人たちは、会社の机の下のひき出しに、よくタオルや櫛《くし》を入れているが、(ロッカーがせまいため)じゅん子はタオルを洗って湯沸室でかわかしてあげたり、ロッカーの中を整理してあげたりして、みんなの眉《まゆ》をしかめさせている。

ときによると、昼やすみに、千葉クンのワイシャツ(ロッカーに入れてあるもの)を、ざぶざぶ洗ってハンガーにかけ、乾かしてた。

「おお、彼氏があると辛《つら》いですなあ、昼休みも休まずに」

なんて男の人にひやかされている。

それに、千葉クンから電話があると、とても敏感な、臆病《おくびょう》な草食獣みたいに顔をあげて耳をひったてている。

営業課員は、よく出先から電話を入れて、仕事の経過報告や指示をまったりすることが多い。

「チバ」

という声がちょっとでもきこえると、じゅん子は、そっちの方を見る。

それで、電話に出てる男の子たちは、悪ふざけをして、電話口の千葉クンに、

「ちょっと待ってくれ、代るから」

といい、じゅん子に、

「電話！　千葉からやで」

なんていう。

じゅん子は、からかわれてるのも知らず、いそいそと電話に出てる。千葉クンが何をしゃべってるのか知らないが、じゅん子はさもうれしそうである。友人として見てられない。

私は目をつぶりたい気がしている。

このあいだは、もっとひどかった。千葉クンがワイシャツの肩にカギ裂きをつくったのを、じゅん子はお昼休みに、むりに縫ってあげていた。縫ってしまって、ハサミで糸を切る代りに、顔を近づけて歯でかみ切っていた。

男の人も三、四人いて、女の子は、遠くや近くから見ている、いわば公衆の面前で

のワイセツ行為である。

千葉クンは迷惑そうに何度も、

「もう、よろしよ、ほっといて下さい。どうせ上衣《うわぎ》着ますから」

といっていた。

「ええやないの、これほっとくと、よけい大きく破れるわよ」

と、じゅん子はむりに縫っている。千葉クンはまんざらでもなさそうな、しかし迷惑げでもある顔で、うす赤くなっていた。

じゅん子はそういう千葉クンの顔をうっとり眺め、いまはもう人の思惑なんか、かまっちゃいられない、という感じ。

それで、先輩の沢野さんにじゅん子は注意されていた。沢野さんは女の子の中では最年長の先輩ハイ・ミスである。

「あんなこと、人前でするのは礼儀にはずれてるわよ」

と沢野さんはいった。

「そうかしら、べつにえげつないことしたわけじゃなし」

じゅん子は口紅を塗りながら窓を向いていう。

「でも職場へは、でれでれした私情をもちこんで頂きたくないわね」

「恋愛は人の勝手でしょ」

「まともな恋愛やったら礼儀を守って、人にも好感をもたれて祝福されるようにはからうべきやわ」

「ふん。恋愛に規則でもあんの」

「あんたの恋愛はまるで遊んでるみたい、あんた、恋愛を結婚の前提としてないの？」

「あたし、結婚のことなんか考えてない」

「そうでしょ、結婚と恋愛と別のことにしてるんでしょ、結婚なんて無意義やと思うてるんでしょ」

「そうよ、結婚に意義なんてみとめてないわよ」

じゅん子は開き直るようにいった。

「とうとう白状したね、それを言わせたかったのよ」

と沢野さんは勝誇ったようにいった。妙な人だ。私はひどく追及する沢野さんの語調に、ただならぬものを感じた。もしかしたら、それは女の嫉妬《しっと》かもしれない。

「あんたたちとはちがうわよ、結婚というとシャックリして目の色かえる阿呆《あほ》と、一緒にせんといて頂戴《ちょうだい》」

じゅん子はずけずけいった。

「あたし、ただ千葉クンに惚れてるだけなのよ、千葉クンに首ったけよ、それだけ」

「ヘエ」

沢野さんは毒気をぬかれたていで、

「そうでございますか」

と苦笑した。沢野さんはミルク瓶《びん》の底みたいに分厚い眼鏡をかけてるので、じゅん子はあとで、

「あんぽんたんのド近眼め、あんなシケたハイ・ミスに、恋がわかってたまりますかってんだ」

と毒づいていた。

じゅん子は、とてもそんな毒舌をいう子ではなかったんだけど。

そうして、戦うときはそんなに雄々《おお》しくやり合うくせに、千葉クンの前ではおろおろしている。じゅん子といっしょに地下鉄の駅まで帰っても、電車に乗らなかったり、する。

「どうしたの？」

「ここで待ってるわ、さっき会社を出たはずやから、もう、来ると思う」

なんて、いってる。千葉クンが来ても、乗る電車は反対側で、ホームは同じだけど、たんに、

「や、さよなら」

といいあうだけなのに、じゅん子はそのために何十分も待つのだといっていた。

でも私の見るところ、千葉クンはじゅん子のことを冗談相手にみてるようである。千葉クンは仕事に慣れ、会社に慣れて何もかも面白くてならない頃のようで、女の子よりは男の子とのつきあいが面白いみたい――

飲むのにさそわれたり、麻雀《マージャン》に誘われたりするのがとてもうれしいらしく、じゅん子のことは、みんながからかうから、面白い話題を提供する材料、ぐらいに思ってるのだろう。

「じゅん子、それぐらい好きやったら、もっと積極的につっこんで、実行にうつさなあかんやないの」

と私がいうと、シタタカらしいじゅん子がうす赤くなり、

「どないしたらええかわからへん。でもええねん。何となしにどきどきして、今日はあの子、ひとことモノいうてくれたとか、電話かけてくれたとか、そんなんだけでええねん」

「ハハア、ごちそうさん」

沢野さんではないが、私も手に負えない。千葉クンは、あたまのいい、すらりとした上背《うわぜい》をもつ、敏捷《びんしょう》な青年だが、そして私もそれなりに魅力があるのはみとめるけれど、じゅん子みたいにキチガイになれないから、ごくこだわりなく千葉クンに接していた。

「傘、持ってないはずやし、ねえ……」

じゅん子はまだいってる。

「濡《ぬ》れて帰ってくるやろうなあ」

「こんなおそくなったら、会社へは戻らへんわよ、誰もおらへんの、わかってるし」

と私はいった。

じゅん子はやっと心をきめたふうに、コートのベルトを緊《し》めながら私のそばへきて、

「ねえ、斉ちゃん」

「なあに」

「たのみがあるねんけど。あの子が帰ってきたらお茶、淹れてやってくれる？」

「ハイハイ」

私は鼻の先でせせら笑った。

「風邪ひかないように熱いお湯で。あの子、『熱湯玉露』が好きなのよ。ここに持ってる」

じゅん子は自分の机のひきだしから、小さな茶罐《ちゃかん》を、まるで宝石の容器のように、たいせつそうにとり出した。

「これをね、中に茶杓《ちゃしゃく》あるから一杯半。しゅんしゅん沸いてるお湯でね。お湯呑《ゆの》みは、あっちに洗っておいてあるから」

「へん」

「あの子、冷えるのがあかんねん。おなかこわしやすい子ォやねん。真夏でも、熱いお茶が大好きやねんて」

「もう、ええて」

私は顔をしかめて手をふった。

じゅん子はいまや、毒くらわば皿まで、というかんじで、

「それ、あたしが頼んだ、いうてくれてもええわ。あたしがお茶淹れて、いうたから、いうといて。……そんで、あの子、どんな返事するか、聞いといて」

「あほらしい。あたしがバカみるだけやから、やめとく」

私はキッパリいった。

じゅん子はまだおろかにも私が冗談でそういってると思ってる。しつこく、

「そんなこといわんと、ほんとにお茶淹《い》れて、そういってみてよ」

「いやよ。忙がしいからそんなひま、ないわ」

じゅん子は恥をかかされたような顔で、

「さいなら」

としおしお、帰っていった。

「さいなら」

あきれかえってモノもいえない。ヌケヌケにもほどがある。じゅん子は姿かっこうもわるくなく、かなりの線をゆく美人で、仕事もそつなくやる女であるが、なんであんなにめためたになってしまうのか、ふしぎであった。

私は仕事に没頭した。

ドアが開いたので、蓬莱軒《ほうらいけん》がきたな、と思い、急に空腹になってふりむくと、千葉クンだった。

「おかえり！」

外はひどい吹き降りだという。びしょぬれで、

「斉ちゃん、残業？」

「はい。岸辺サンにあわなかった？　そのへんで」

「あわなかった」

「さっきまで待ってたのに」

千葉クンはそれに答えずに、

「うー、さむいさむい、凍《こご》えそ」

と、びしょぬれの服をロッカーの服と着更《きが》えにいった。その間に、私は、蓬萊軒へ電話して、ラーメンをひとつ追加した。きっと、千葉クンは熱いラーメンをたべたいだろうと思ったからだった。

びしょぬれになり、青ざめ、消耗している千葉クンをみたら、じゅん子にはあんなことといったけど、やっぱりかわいそうで、熱いお茶を汲《く》んであげたくなる。それに千葉クンの顔をみてると、麻雀でぬけておそくなったものでもなさそう。仕事してた人の顔である。

「ありがとう。美味《うま》い」

と彼は、お茶をよろこんで、飲んだ。そうしてこんな時間までひっぱった、ナント

カ工業だかナントカ精機だかのワルクチをいった。

まっ白いタオルで、ぬれた髪の毛を拭《ふ》いて、（そのタオルは、じゅん子が漂白剤を入れてよく洗い、乾かすものである）千葉クンは疲労のあまり口を利《き》くのもいやそう。

私は仕事があらまし終ったので片づけはじめた。

「斉ちゃんはよう働くねえ……」

千葉クンは、いたわるようにいう。

「あ、千葉クンこそ」

「ええかげんにしとこな、会社へのご奉公は」

「そう思うけど、やりての所へは、仕事がなだれこむんよ、お互いに」

「そういうこと」

そこへ、馴染《なじ》みの蓬萊軒の兄ちゃんが、まいど、と出前を提げて来た。千葉クンの前へ熱いラーメンをおいてあげたら、

「気ィ利くねえ……ありがと！」

と千葉クンは飛びあがらんばかりに喜んだ。

「じゅん子に頼まれたのでーす」

と私はいっておいた。

「まさか。あいつ、そこまで気が利かへん」

「おやおや」

「何？」

「あいつ、というた。あいつ・お前の仲ね」

「ばれたか」

と千葉クンはおいしそうにラーメンをたべていた。

私は、やきめしを食べた。

こんな美味《おい》しい、たのしい食事は、さいきんはじめて。

「じゅん子が地下鉄で待ってるかもしれへんよ」

「そんなら、バスで帰るワ、ぼく」

千葉クンは近くで見ると、なかなか粋《いき》な美青年である。そうして、言葉が直截《ちょくさい》で歯切れがいい。

「かなわんですな、じゅん子は。あいつ、いまに想像妊娠でもいい出しかねまへんで」

ずばっとそういうことをいう。

「想像妊娠ねえ。しかしそこまで追いつめるのは男の方の責任でしょ」

「そうかもしれんがね。持ち重りするようなのとか、ベタベタするのとか、これは男がかなわんです。おまけに、女が勝手に暴走して、ひとりでのぼせつめると、もう、厄介でんなあ。しんどおまっせ」

営業課の男の子は、どんなに若い子でも、先輩を見習って、商売用に大阪弁が達者になる。千葉クンもいい雰囲気《ふんいき》で使っている。

「たよりにされたら、男はうれしいのやない？」

「うーん。はじめはね。はじめは、ええけど、だんだん、しんどうなる。じゅん子もはじめはええとこおました。ちょうど、そやな、斉ちゃんみたいにあっさりして、かわいくって、よう気ィついて、人格円満、常識発達してなあ。……それが、スコタン、とかわりよる。女はこわいねえ」

千葉クンは、ちゅうちゅうと、ラーメンのおつゆを、一滴もあまさず飲み干した。よっぽどおいしかったのだろう。

「何やもう、会社の中でベタベタ、色情狂みたいになって、オレ、係長にへんなこと、あてこすられるし、じゅん子みたいなん、ルール違反でっせ。ほんまに、かなわんわ」

私は、千葉クンのいうのもようくわかった。

会社の中の男の世界は、女の世界よりきびしそうだし、みんなじゅん子を目にあまるようにみているので、さぞ、千葉クンへの風あたりもつよいだろうと、私は同情した。

「昔は、斉ちゃんみたいやった」

と、また千葉クンはいった。

「斉ちゃん、しかしよう働く。ぼく、まじめによう働く女の子、好きやね。でも沢野サンはなぜか怖いし、……ぼく、やっぱり、一ばん好きなんは斉ちゃんや。あっさりして親切でかわいらしい、というのが好き。斉ちゃんなら、いつまでもベタベタの、とりもちみたいになれへんやろうねえ」

「どうだか。その期《ご》に及んだら、わからへんわよ、あたしも女のはしくれ」

「うーむ、そうかなあ。しかし、ほんまいうと、斉ちゃんぐらいの年ごろの女の人が、ぼく一ばん好き。ぼく、二つちがいの姉がいてね。仲よしなんや。そのせいか、一つ二つ年上、という女の人が、いちばんええな」

「くそッ。この年上キラーめ」

千葉クンは大声で笑った。

「斉ちゃんの、そういうとこ大好きやなあ。斉ちゃんの顔も好き。どこもかも好き」

千葉クンは、私の手をにぎりしめた。

「斉ちゃんの字もかわいいな。電話の声もええ。――そういうのは、やはり二十一、二の若い子には、出えへんのでねえ……。いうにいえん、ええ風情《ふぜい》がにじみ出るのは、二十五すぎてから。……」

千葉クンは、私の手をにぎりしめ、

「仕事、すんだ？」

「うん」

「ちょっと、飲みにいかへん？ 疲れてる？」

「ううん」

千葉クンの眼は黒くてよく輝やいて、いたずらっぽい、いきいきした眼で、その適切なオシャベリといい、女のほめかたといい、全くひまつぶしにもってこいの男であった。

私は、いまは、千葉クンのタオルを洗うような目につくことはしないけど、陰ではかなり、仲よくしてる。千葉クンがベタベタはきらいだといったので、そうならないように、一生けんめい、陽気になろうとしている。

でも、だんだん千葉クンがほんとに好きになってきた。

まいにち、彼のことを考えてる。

チバ、という声がきこえると、臆病《おくびょう》な草食獣のようにそっちをみる。外へいって帰りのおそいときは、熱いお茶をいれて、ラーメンを注文してあげようと待ったり、している。

じゅん子のように、人の前で目につくようなことはしないけど、それとなく、地下鉄で千葉クンの姿を目で追っている。「サヨナラ」とひとこと、いうために。

もはや、あの、雨の降ってた残業の夜の、たのしいこだわりない、いい雰囲気は、二度と生まれないという、不安な予感がする。恋というものは、生まれる前がいちばんすばらしいのかもしれない。

エープリルフール

今日、キヨちゃんはすこし風邪ぎみらしくて、軀《からだ》が熱っぽい。咳《せき》をしている。

「そんなんで出張にいけるの？」

と私は心配した。

「うーん。どうなるかなあ」

とキヨちゃんは心細そうな声を出した。

営業課の中でも、四国や九州を受けもっている人たちは、出張が長い。ひどいときは十日も旅に出ている。キヨちゃんは四国である。

「行き先でバッタリ倒れて、殉職、ということになるかもしれへん」

というので、

「社葬ですな。荒井課長が代表して弔辞をよむ、という段取りでしょう」

私はすまして、ガードルを着けていた。

「おいおい、ヒトゴトと思うて。ほんまにそうなったら、寝ざめわるいぜ。——都会で倒れたらええけど、辺鄙《へんぴ》なトコでボテン、とひっくりかえったら、目もあてられへんからなあ。みとる人なく、ひとりさびしく息をひきとったなんて、……まあ、そいつも粋《いき》やけど」

とキヨちゃんはいう。

粋なはずないでしょ。

キヨちゃんは、まわりにいっぱい人をおき、にぎやかにしているのが大好きな男であるから、そんなことになるはずない。さびしがりの甘えん坊の彼は、ちょっと何かすると、大げさにさわぎたて、決して「みとる人なく」なんてことにならないであろう。

「早く服、着なさい。はだかでいるとよけい風邪ひくよ。なんぼ春でも」

と私は、ベッドでいつまでも煙草《たばこ》を吸ってるキヨちゃんに注意した。

「うん」

彼は起きて、椅子《いす》になげかけた下着をとって、大いそぎで着込みながら、

「あ、今日、立替えといて」

と無造作にいう。

「まあ。財閥としたことが」

「財閥は、いつも金を持ち歩かない。お付きが払うことになってる」

「なぐるよ」

と私がいったら、キヨちゃんは大声で笑った。

「出張から帰ったら、返すから」

「まあ、ええわ。今日のところは、あたしが払うわよ」

私は機嫌よくいった。今月はお小遣いが余ったし、この前からずうっと、キヨちゃんが払ってたから。

男と女のつきあいで、いつも男が払う、というのを、あたり前だと思っている女の子が多いけど、私は、ちょっとそれは反対である。

結婚する仲ならともかく、そうでなくて、そのうち仲がわるくなって別れるような男、あるいはあまり気がすすまないが、ごちそうをたべたいだけ、とか、旅行したいから、というような、男を利用するような場合は、全く、食い逃げになってしまう。

どんなにいい所へつれていってもらえても、私は、気のすすまない男と一緒に長いこといられるほど鈍感ではない。また、利用だけしてやれ、というようなワルでもない。

だから、御飯をたべにいく、飲みにいく、というのは、みな、好ましい男とだけである。

私はずうっと、その方針だった。だから、払うのも割り勘にしたり、男がいい、というのを、私がむりに払ったり、していた。

おとどし、キヨちゃんが入社してきた。

私は、キヨちゃんより四つ年上だけれど、何だか、このおっとりした男と話が合う。いつとなく、キヨちゃんとよくつき合うようになった。

おでん屋やら、バーやら、焼き肉屋やら、二人でいっているうちに、私も対等に払うようになった。

考えてみると、私が、男たちに払わせてばかりいない、というのは、いつも私の方が年上のせいだったからかもしれない。べつに年下好みではないけど、妻帯者とつきあう折はないので、自然とそうなる。サラリーの額からも、

（きたないこと、しちゃいけない）

という気になる。

それはつまり、自分がしぶちん（ケチのこと）であるからだろう。ケチと人に思われることを気にする人は、本質、ケチだからである。

私は、オカネを大切に思ってる。二十八にもなると、オカネは女が身を守る武器だということもわかってくる。私は、両親の家に同居しているので、食費をちゃんと出し、貯金をしていた。

でもオカネを大切に思えばこそ、男たちとつきあうときにも、律儀《りちぎ》にこちらも払う。自分のオカネを大切に思うから、相手のオカネも大切にするのだ。

それで、キヨちゃんと遊びにゆくとき、私も時々は払った。

キヨちゃんは、時代ばなれした名前をもっている。以前は、清という、ごくありふれた名前だった。

それが去年、親爺《おやじ》さんが亡《な》くなり、キヨちゃんは、太郎左衛門《たろざえもん》という名を襲名した。

キヨちゃんの家は、兵庫県の瀬戸内海沿いのN市近郊の旧家である。代々、当主は太郎左衛門を名乗ることになっており、キヨちゃんは十四代目である。それで今は、蛭子《えびす》太郎左衛門という、ごたいそうな名前になっている。蛭子という姓もふしぎである。その名前は、N市の市史や地方史にも何百年前からでてくる。

そういうのも珍らしがられて、会社の人気者であるが、大体、彼は悪気なくおっとりして、人がよいので、みんなに好かれている。

ふつうは、

「えべっさん」と呼ばれるからだ。

とよばれ、課長は「蛭子クン」と呼ぶが、女の子や同僚は、彼を、「えべっさん」とよんだり「タロザエモンくん」とからかったりする。

えべっさん、というのは、大阪の十日戎《えびす》のおまつりは「えべっさん」と呼ばれるからだ。

名刺に「蛭子太郎左衛門」と刷りこんでいるので、仕事先の人は面白がってすぐおぼえてしまう。

「改名するのに抵抗なかった?」

ときいたら、

「いややけど、しゃァないからな」

といい、べつにそのことにこだわってないみたい。そうするもの、と先祖代々言い聞かされてきたからだろう。

「分家にもう一軒、代々与左衛門というのがあってな、当主が早う死んだよって、小学生の息子が、与左衛門になっとんねん」

「かわいいヨザエモンね」

「僕とこも、男の子できて、もし僕が早死にしたら、三つ四つの子がタロザエモンになるわけ」

そんなことを、二人きりの時に話したりする。キヨちゃんとは、なんとなくこうなって、こうなった方が自然だ、という感じで、恋人まがいの関係になった。

そうして、食べにいったとき私が時々払ってるのが癖になって、ホテルへいっても私が払ったり、する。

キヨちゃんは、大学時代に恋人が一人いたが、それを除くと、私がはじめてだそう。

「除くと、ってどうして除くの？」

「いや、どっちも不慣れで、寝るんやけどどないしてもでけへん」

彼は率直に、微に入り細にうがって「でけへん」状態を話す。およそウソをつかないというより、何のためにウソをつくのか、どうやってウソをついたらいいか、わからないというようにみえる。

そのへん、ちょっとふつうの男と違ってる。

「状態としては可能な状態やねんけど、そんで、知識もまあ、あるねんけどやりかたがわからへんからマゴマゴして、いやもう、困り果てました。何くそ、思うて、その次のときまでに研究していってんけど、やっぱりその場になるとマゴマゴして、女の子は残念そうにタメイキつくし、……」

あんまりざっくばらんなので、ミもフタもない、という感じで、キヨちゃんはおっとり、しゃべっている。

キヨちゃんは、タロザエモンになってもちっとも変らない。ぬうとした感じの大男で、そのくせ、寒がりの暑がりで、頰の肉の厚い童顔である。体に似合わぬ、米つぶのような小さい字を書き、よみにくい。私は読めるが、課長はいつも出張報告をよみなやんでいる。

「何やて……」

と、じーっと紙面に見入っているので、そばの机にいる私が、

「それは、こうでしょう」

とスラスラよんであげる。

「何や、和田さん、ようこんな字ィよめるなあ」

と課長はびっくりし、私は、キヨちゃんとの仲を看破されたようにどきっとするが、

「ふふ、眼がちがいます、眼が」

といってごまかし、老眼鏡を最近、もっと度のすすんだものに買いかえた課長は、

「そない年より扱いせんといて」

と、にが笑いしていた。この年になると、ごまかすのは、私にはやさしいことであ

る。

キヨちゃんは、会社の女の子に人気があり、かなり積極的にアタックしている子もいるみたい。しかし、キヨちゃんは誰にとりわけ、心を動かされたということもなさそう。

「和田サンといてるのが、僕、一ばんおちついてええな」

と、見栄《みえ》も張りもなく、私にいう。

好きだとか、愛してるというコトバは、いっぺんも私たちの間で出なかった。いや、「好き」というのは、出たかもしれないが、それは、

「僕、ビフテキ好き」

といったような「好き」のつかいかたである。

彼は、会社では私になれなれしくしない。

それは、処世術のせいというより、また、私へのいたわりというより、私に叱《しか》られるからである。

「デレデレしたらだめです。会社で」

と私が教えるので、

「わかってまーす」

と彼はいう。

そのくせ、廊下やエレベーター、人けのないところでばったり会うと、とたんにめためたと相好が崩れる。その崩れかたがあんまり無警戒なので、私の方が不安になって、つんとしている。

「和田サン。こっち向いてえ」

とキヨちゃんはちいさくいい、それでも私は知らぬふりをして取合わないでいると、キヨちゃんは笑いながら、心やすだてに、私のあたまを熊《くま》のように大きい掌《て》で押え、髪をくしゃくしゃにしてしまう。何しろ私より二十センチもたかいから、

「何すましとんねん」

と、おでこをついたり、首すじから、そろっと手を入れたり、背のたかい彼は、いくらでも悪戯《いたずら》ができるわけである。

キヨちゃんは、金使いはきたなくないが、よく小遣いを切らせる。ちっとも、金持のようではない。

「僕は金持やないよ。お袋と二人ぐらしで、僕の給料でやっとりますからな。ピーピー」

終戦までは大地主だったにちがいないが、今は、ほとんど失って、古い家と、あと

少しばかりのものしかないそうである。それでも本家だというので、お正月になると、倒れかけたような家へ、一門二、三十人の男が集まり、キヨちゃんは上座《かみざ》に坐《すわ》って、羽織はかまで年賀を受けなければいけない。

ときどき、ふしぎな話をする。いつだったか、二人で食事にいったことがあった。季節だったので、木の芽田楽《でんがく》が出た。

キヨちゃんは、お豆腐の田楽をたべない。

「食べたらあかんことになっとんねん、ウチの家」

「どうして」

「先祖に、田楽たべてるとき後ろから槍《やり》で突かれて、田楽刺しになったやつ、居《お》るねんて」

「まあ」

「以来、子々孫々食うたらいかんことになってんねん。家訓やな」

「こんなおいしいものを」

「おいしいかどうか、僕は食べたことがないから味は知らんけど」

それから「家訓」というコトバが、私たちの間にはやった。

「家訓やから、ここへキスせんならん」

と、キヨちゃんはいって、おなかに顔を埋めたり、する。

「家訓として、そういうことはやめて下さい」

と私はくすぐったがってきゃっきゃっと笑うさわぎだった。

だんだん彼が可愛《かわい》くなり、好きになる。

でも結婚のことなんか、どちらもいい出さない。

「家訓」があったり、年賀の拝礼に一族二十人の男がつどうような、十四代目の蛭子太郎左衛門を名乗るような、物々しい家の長男と結婚する気は、私にはなかった。どうせ、向うも、タダのサラリーマンの娘、家訓も系図もない家の娘なんかと結婚するつもりはないだろうし。

ただ、誰かと結婚するとき、キヨちゃんは、こんどこそマゴマゴしないだろうと思われる。かなり熟練あそばした。それどころか、私より格段に進歩して、

「こうしよう……」

「いや、こうやってみよう」

なんて、天真らんまんに上達していく。私がいろいろさからうと、難なく封じて、男の貫禄《かんろく》でリードする。かなり男っぽく、頼もしくなってきた。とはいうものの……。

私も、彼みたいに年下の男と結婚するつもりはない。こんな甘ったれ、どうしよう

もない。そう思ってる。

心配ごとを打ちあけられるほど、頼れる相手ではない。打ちあけたら可哀《かわい》そうである。

だからキヨちゃんの出張前には、何もいわない。出張前は、きまってホテルへいって、

「では、行ってきます」

と私たちの仲だけの挨拶《あいさつ》をして、機嫌よくキヨちゃんは旅立つのがきまりである。

だから今日もそうした。

「来週の土曜に帰るのね、いってらっしゃい」

と私もいい、「気になること」をいってキヨちゃんの負担を作ったりしなかった。

キヨちゃんは何も知らず、自分の風邪の心配ばかりしていた。

昼休みに私は電話帳をくってしらべておいたのだが、何しろはじめての町なので見つけるのに骨が折れた。だんだん淋《さび》しい道になってしまい、あきらめて引返そうかと思ったときに、やっとその看板をみつけた。

全然、知らない産婦人科医院であるが、今まで来たことのない町なのと、女医さんという条件で、電話帳からさがしたのである。粗末な暗い待合室であるが、三流の町医者らしい気やすさでいい。

かなり長いこと待たされて診察室へよばれた。四十四、五くらいかな、小柄で色の白い、女医さんというより、商店のおかみさんといった気さくな感じの先生である。

「どないしたん」

と女医さんは椅子《いす》をまわして、気がるに聞いた。

「エーと。すこし、おくれてるんです」

「ふん、ふん、最後はいつ？　何日型？」

先生は具体的なことを聞いた。事務的にさっさと聞くので、さっさと答えられていい。

私ははじめ、仮名で診てもらおうと思っていたが、先生があんまり気がるにきくので、つい、本名でいってしまった。

診察室は、あたたかくしてあるが、床はタイルだった。醜い老嬢（と思われる）の助手が、やさしい声で、

「もっと腰をお落しになって……もう少し上へおあがり下さいませ。おみあしをお開

きなさいませ」

などと指図するのへ、私はいわれる通りしていた。女性の羞恥心《しゅうちしん》なんかどっかへ置き忘れないと到底のぼれないような椅子だけど、助手のコトバと、先生のコトバがあんまりちぐはぐなのでおかしい。

それに、胸の中で、

(こんな恰好《かっこう》、私、家訓としてほんとはできないんです)

といってたら、おかしくなってきて、キヨちゃんに話して笑い合いたくなった。尤《もっと》も、そんなことを必死に考えて、がまんしていたのかもしれない。

先生は無造作に、お湯でざぶざぶ洗って、ポコポコとおなかを押えると、(その手つきややりかたも、先生の気どらない物の言いかたに似通う)

「おめでたですね」

と、いともかんたんにいった。

石油ストーブの燃えている診察室に帰って先生は、

「どうしますか、産みますか」

と聞いた。産まない、という人が多いんだろうなあ、と考えさせられるような言い方である。

そのせいでかどうか、

「どうしようかな」

と私はいってしまった。手袋を買おうか買うまいか、というためらいでも、これよりまだ慎重だろうというような言い方になった。

先生は何かをカルテにかきこんでいたが、ペンを投げ出して、ころころと笑った。

「トシからいうと、産みなさいって、すすめたいわねえ……」

先生は男のように闊達《かったつ》なしぐさで煙草《たばこ》を吸った。そうして壁に押しピンで張ってある一年中のカレンダーをみて、予定日をいった。

マトモにいったら、今度の冬の間に産まれてしまう。あらまあ。冗談ではないわ。予定日なんかを聞くと、急に現実的になる。産むかどうするかきめてないのに、予定日を聞かされちゃ、たまらないわ、と私は胸の中でいっていた。

帰りみち、私は自分のために、赤に白い斑《ふ》入りのチューリップを十本ばかり買った。やっぱり気持がふつうでなくて、浮きたっていたからかもしれない。華やぎ、というふうなものかもしれない。

いいトシをしてみっともないぞ、と自分で思うけれど、ソワソワしている。嬉《うれ》しいというより厄介なような、気重いような感じで、しかし恐ろしさや悔恨や、絶望はない。ひとりで、舌のさきで味わってるような、ちょろっとした心の波立ち、としかいいようがない。

どうするかね。

どうしてほしいですか。

私はどこか遠いところにいる「予定日」ちゃんにきいてみる。

「なんで、チューリップなんか買《こ》うてきたん?」

家へ帰ると、母が目をまるくして聞いた。私はお花を習ってないし、花を買う習慣はなかった。母がときどき、大切そうに二、三本買ってくるだけ。

「春がきたなーって、ほんとにそう思ったから」

大きな琺瑯《ほうろう》の、白いポットに投げこんでおいた。こんな単純な花は、単純な容器の方がいい。

ほんとにそこだけ、春が来たみたいだった。

母や父や妹たち——気のいい家族を裏切ったりしているのは、すこし雲がかかったような気分だけど、でも、白い斑《ふ》入りの赤いチューリップに顔を埋めていると、わくわくする気分を押えられない。

——現実にはちょっとこれからむつかしい立場になる。いまの生活、安定した生活をひっくり返すことになってしまう。そんな勇気があるのかなあ。ヒトゴトみたい。

キヨちゃんの帰って来たのは四月になったばかりの土曜である。午前中に社へ戻ったが、打合せやら報告やらで、みんなの退社時間にもやはりいた。課長としゃべっていて、私も待っていられないので、ひとあし先に会社を出た。

地下鉄のホームで電車を待っていたら、

「何や、ちょっとぐらい待っててくれたらええのに……」

とキヨちゃんが息せききって走ってきた。

電車はいっぱいだったが、キヨちゃんが押してくれて乗りこんだ。

「和田サンの夢ばかりみた……」

「へん」

「ほんまに。熱のせいかな、思《おも》たけど、和田サンしょんぼりしてるような夢。心配になってなあ。心配してもらうのはこっちの方やのに。風邪ひいてえらい目したのに」

電車はごうごうと梅田へ向って走っていた。

「お見舞いも言うてくれへんのか」

キヨちゃんは満員をいいことに、知らん顔で私のお臀《しり》を撫《な》で廻している。小さい声で、

「痴漢」

と目で叱《しか》ってやったら、

「ご飯いっしょに食べるのやったらせえへん」

「食べる」

「晩まで一緒にいる？」

「いる」

梅田へ着いたので、キヨちゃんは私の体を離した。出張のあいだに風邪はなおったのか、とても元気そうで鼻歌をうたって駅の階段をあがっていった。構内で工事をしていて、耳もつんざくやかましさだった。私は、二人でさし向いでしゃべっているときには、言いたくないが、こんなときだったらいえそうな気がして、階段をあがりながら、

「デキタ！」

とキヨちゃんの耳にいった。

「まあ、そこそこやなあ」

とキヨちゃんは、とんちんかんな答え。これは、販売のノルマとかんちがいしてるのだ。出張した人たちは、目標がデキタとかデキナイ、とかよくいっているから。

「ちがうわよ、あたし、デキタのよ」

「オデキ？」

「もうちょっと複雑なもんよ」

「複雑なもんて、もしかしたら、あれ？」

とキヨちゃんはまるで珍らしいものを見るように私を見た。私はまじめに、

「そう。あ、か、ちゃん」

というと、キヨちゃんはだまった。そこはもう、盛り場に向ってつづく地下街だった。

キヨちゃんは、どっちを向いていいか、混乱して人ごみの中でボサッと立っていた。

私はにっこり、した。

「今日、何の日か、知ってる？」

とキヨちゃんにいったら、彼は相好を崩して、

「またまた、また……。なんや、エープリルフールか。ほんまに面白いなあ、和田サンは。いや、参った、参った」

「一瞬、どきっとしたやろ」

「した！　アハハハ」

「うまくはまったね」

私たちは、釜《かま》めし屋へいって、おひるをたべた。私は、四国の話をキヨちゃんにさせた。キヨちゃんは、私には、仕事の話も女の軀《からだ》の話も、同じような調子で何もかもぶちまけてしゃべる。一緒にまわっている同僚が、要領よくて、みな、「しんどい」仕事はキヨちゃんにおしつける、それを、私に訴えるようにしゃべる。

「こんなん、しよンねン」

「こんなこと、言いよンネン」

それは私には、家へ走ってかえって、母親に訴える、小さい男の子を、ほうふつとさせる。私は、キヨちゃんの一族の、小学生のヨザエモンも、そんなことをしてるのかなあ、と思ったりした。

機嫌よく食事をして、キヨちゃんはそのままモテルへ行きたそうだったけど、まだ日が高いし、私は疲れたから、といって、私鉄の乗り場で「バイ」といって別れた。

私はなぜか、このごろ謙虚な娘になっていて、夕食の支度をしたり、洗濯機をかいがいしくまわしたり、している。いっぱい考えないといけないことがあるので、よけい、うわべは屈託のない、にこにこした、あっけらかんとした娘になってしまう。

私は考えごとをするのに、キヨちゃんを計算に入れないことにした。かわいそうだから……。

その日、私は妹たちといつまでもとりとめのない話をして、屈託なさそうにのんびり夜ふかしをしていた。

それで、寝ついたのはおそかった。

深夜一時ごろ、遠くで電話が鳴っている。

誰も起きていかないので、私は思い切って廊下へ出た。底冷えする夜気の中で、電話は鳴りつづけている。

「和田サンのお宅ですか。夜分、すみません……あ、和田サン？　オレ」

その声はキヨちゃんである。酔っているのか、太くて濁った声である。

「寝てた？　ごめん」

と、ちょっとだまり、

「あれから家へ帰ってずーっと酒、のんどってんけどなあ……今日の話、あの複雑なオデキの話、ほんととちゃうのかなあ。エープリルフールや無《の》うて」

私は、どんなにでもいえた。そうよ、エープリルフールよ。あたり前でしょとか。眠いから失礼します、とか。でもキヨちゃんは私にモノをいわせなかった。

「だんだん、そう思《おも》てきた。君なあ、なんでそんな持ってまわった言い方すんねん、オレあたま悪いさかい、ちゃんというてくれやあ。もしもし。聞こえてますか」

「聞こえてますよッ」

と私がつんけん返事をすると、はじめてキヨちゃんはうれしそうな笑い声をたてた。

「ハハア。やっぱり、ほんまらしい。こうなると忙がしいなあ。僕、とりあえず、あしたそっちへいくわ」

「何しに？」

「何しに、て十五代タロザエモンのために早いこと結婚せなあかんやろ。……あ、これ、ほんとは酒の上の冗談です。ハハハハハ……」

「エープリルフールのかたきうちをしたな」

「いまのは冗談。あした、僕、ほんまにいくよ、ほな……。あ、軀冷えんようにしてや」

といって切りかけてすぐ、

「あ、明日はお袋と二人でいくからね」

といった。やさしい調子である。

「やさしきことのかずかずも

エプリルフウルの宵《よい》なれば
嘘《うそ》もまことも薄情も
けさはわすれてあるべけれ」

と、夢二は唄《うた》っている。でもいまはもう、翌朝の午前一時、キヨちゃんのやさしさはうそではないかもしれない。

春と男のチョッキ

このごろ私は何にも楽しいことがなく、呆然《ぼうぜん》と日をすごしている。ただいま無職、家事手伝い中というのか、花嫁修業中というのか……。

みんなに、私は、ぼんやりしているといわれる。

今日はラジオを聞きながら、よくおこった練炭を、練炭挟《ばさ》みでつまみあげて、火鉢に移そうとしていた。（母は、練炭で煮物をするのが、経済的だし美味《おい》しくたけるといって、いまも愛用しているのである）

すると、バサッと下の方の真ッ赤におこった部分が一部砕けて、畳に散ってしまった。

めったにこんなことはない。移すとき、何かに触れたらしい。

「きゃっ！」

といったので、兄や嫂《あによめ》が飛んできて消してくれた。

「何をしとる」

と父までやって来て叱《しか》り、母にはボロクソに叱られた。畳にも座蒲団《ざぶとん》にも点々と焦《こ》げあと。母はお気に入りの縮緬《ちりめん》の座蒲団なので、

「いったい、どこを見てたの！」

と、かんだかい声をたてた。

「ぼんやりして！」

「だって、めったにせえへんわよ、こんなこと」

と私も負けずにいった。

「一年に一ぺんの失敗やないの！」

兄の子供たちがかわりばんこに、焦げあとを見に来た。そうして面白がった。

「おお怖《こわ》、怖《こわ》。こんなふうにして、火事になるのよ。あんたら、火ィさわったらあかんよ」

なんて嫂は火災予防の教材にしている。

「新しい畳を……」

と母はまだいう。私はうるさいので縮緬の座蒲団をうらむけて隠しといてやったら、

「それをほどきなさい。ええとこ取りして継ぎあてせんならん。ほんとにこんな殺生《せつしよう》

な……」

　母は、かなりうるさくいう人種である。チビたちは、焼けあとを、

「五つ、六つ……あ、おばあちゃん、ここにもあるよ」

などと数え立てたりして。

何か、面白いことないかなあ……と思ってるから、こんなことになるのかしら。

私は去年、会社をやめた。父も母も兄も、

「なんでやめるねん」

とふしんがり、結婚するならともかく、あてもないのに、なんでや、なんでや、と叱られた。

　でも、私は、もういたくなかったのだ。

　それで、

「二十五までいると風当りがきついから」

といってごまかした。

　ほんとうは、それほどでもなく、まあ職場の男たちは、若い女の子がとっかえひっかえ入ってくれた方が士気が上る、というかもしれないけど、出ていけよがしにされたことはない。三十すぎの女子社員も二人いたが、べつに退職を勧告されることもな

かった。

ただし、その下の年代の子はいなかった。たいてい二十三、四でやめてゆく。彼とサラリーもよい方なので、私は、ほんとうはやめたくなかったのだが、もう、一しょの職場には、いたくなかったのだ。

失恋、というのでもないけれど……。強いていうなら、このまま会社にいると、なしくずしにプライドがふみにじられてしまう、そういうのがいやなのだ。

でも母は、私に何も家事能力がないというので、

「それもええかもしれへん。結婚までみっちり料理や洋裁でも習うたらええわ」

と納得してくれた。

私は疲れていたから、会社や彼と縁が切れるのがうれしかった。

私は池中《いけなか》久美子と仲よしだったが、久美子は、

「何でやめんのん？　やめたらソンやないの、どこかへまた勤めるくらいやったら、ここにいなさいよ」

といってくれた。久美子は私と、大倉信一のことをよく知っていた。

「あんたがやめることないやないの、知らん顔で勤めてなさいよ」

などという。久美子は合理的な子で、そういうところは割り切って考える性質であ

る。

合理的だから、そもそものはじめから、

「わたし、大倉サンなんて人がわるいからきらいやわ。あんた、大倉サンにかなり見くびられてるのよ」

と冷静に判断していた。

そんなこと、あたまでわかっても、ハートでわからない場合が多いのだ。何といったって、私が彼を好きになったのだから、しかたない。

彼と私は同年だが、会社へ勤めたのは、私のほうが先輩である。キビキビした活発な、言葉のハキハキした青年で、笑うと、子供っぽいみそっ歯が出たりしてかわいい。課の中でいちばん快活で、目立つようなハンサムである。

女の子はみんな、彼を見るのを楽しみにしていた。

大倉サンは冗談もうまいし、仕事も熱心にやるので、課長にも可愛《かわい》がられているようだった。私は、

「益井《ますい》サンを好きやというてたよ。何となく、一ばん好きや、て。大倉のやつ」

と年輩の社員が笑っていたのを聞いて、その人と同じように私も笑っていた。

私も、快活でハンサムな大倉サンがきらいではなかった。彼が、

「益井サーン。これ、どうなってますか」

と私にいちいち聞きにくるのを、親切に教えたり、していた。大倉サンは常識も発達しているし、カンもよくのみこみも早く、仕事や人間地図の中で、自分の位置を測定するのが早い。

池中久美子は、そういう大倉サンの如才なさやカンのよさを、

「人がわるいわ」

といっていたが、私にはそうは思えなかった。私は、リッパな学歴でもトロくさい青年や、エリートぶって会社の女の子などハナもひっかけぬ、というような青年に反《はん》撥《ぱっ》を感じていたから、いつも愉快そうで、いつも女の子にナレナレしくふるまう大倉サンに好意をもっていた。

二人きりのときに大倉サンは、彼にいつもつんけんと当る係長のことを、私に訴えた。

「うーん、あの人はいつも、あんなのよ。誰にもそうなんよ。気にしなさんな」

私はそういって慰めたが、男の世界も男の世界なりに、底流はたいへんなんだなあ、と思った。

「僕ら、学閥もないしな、……主流派には乗られへんなあ」

いつも愉快そうでカンのいい、イキイキした黒眼と、少年っぽいみそっ歯の大倉サンがひとりごとみたいにそんなことをいうと、この人は、ほかの人の前では快活にふるまっているけど、屈託のあるときは、私にだけいうのかなあ、と思った。とてもかわいかった。

男の人の三つ揃《ぞろ》いの服というのは、私は好きである。上衣《うわぎ》を脱いで、チョッキに白いワイシャツ姿というのは、大倉サンの場合、何となく、なまめかしい感じがするのだった。

つやつやした繻子《しゅす》のチョッキの背中なんか、男のなまめかしさにあふれてる。

お昼休み、私がちょっと早めに席へもどって、あたりを片づけていたりすると、大倉サンはめざとく私をみつけて嬉《うれ》しそうにそばへやって来て、椅子《いす》に馬乗りになり、小声でそんなことをしゃべるのであった。上衣をぬいだ男のなまめかしさに私が気付いたのは、そのときである。

上衣といえば、いつか、部屋の移動があって、ロッカーがみな入れかわったことがあった。大倉サンは上衣がないないといって捜しまわっていた。私は、何となくカンが働いて、となりの課のロッカーと入れ代っているのをみつけ、大倉サンの上衣を無事、捜してきてあげたことがある。私はその上衣を、何となく、キュッと抱きしめたい、匂《にお》いでもかいでおきたい気持におそわれながら、でも、そんなことしなかった、とうとう。

「ハイ、ありましたよ」

と快活にいって渡した。

そういう気持は、しぜんに大倉サンに伝わってゆくものかもしれない。人間のきもちは、さざ波の波紋のようなものだから。

決算のときの、おそい帰り、もう灯の暗いビル街をみんなであるいていて、別れしなに、

「ではお別れの握手」

と大倉サンは私に手をさし出した。何げなく私も出したら、ぎゅっと力いっぱい、横町へひっぱられて、うしろにはみんな見ているのに、大倉サンは、笑いながら、私の手を口元へもっていこうとする。

「おやおや、手袋はめてんのか」

「いやァよ。握手だけよ」

といったけど、私は何だか胸がドキドキした。まるで、中学生みたい。こんなことでドキドキと、ときめくなんて。

あくる日は、大倉サンは知らん顔をして、シャアシャアとしていたけれど、そしてそういうことに大きな意味をつけるのはおかしいと思ったけど、私は、大倉サンをそれからずうっと気にしないではいられなかった。要するに、中学生の初恋みたいな気分になってしまったのだ。

大倉サンが、「彼」になってしまうのは、まもなくだった。

正月の初出に、会社の先輩の家へ招かれた。先輩といってもかなり古手の男性で、まだ係長になっていないが、若い社員には好かれている人である。男性三、四人、女性三、四人というメンバーで、そこのおくさんは、ご馳走《ちそう》を用意して待っていた。麻雀《マージャン》をする人たちを別にして、私たちは、トランプや百人一首をしていた。私も、ほかの女性も着物を着ていった。

すこしおくれて大倉サンが来た。彼は、男たちに強いられてかなりお酒を飲まされた。

そうして苦しそうにしているので、おくさんが、

「階下《した》のお炬燵《こた》で、休みはったらよろしいねん」

と、彼を連れて降りた。

おくさんは、蜜柑《みかん》を私たちに運んだり、お銚子《ちょうし》を持ってきたりしたが、大倉サンは

ちっとも上ってこなかった。

私は心配になって、見に降りた。

大倉サンは子供のような邪気のない顔で毛布を鼻まで引きあげて、眠っていた。

「もうみんな、帰るっていってるよ」

と声をかけると、びっくりしてすぐ眼をあけたから、狸《たぬき》ねいりでなくてほんとうに眠っていたらしい。毛布をはねのけて起き上った。

「益井サンの夢をみてた、ちょうど」

「またまた……」

「ほんま。こうしてるとこ」

私はいい年をして、全く無邪気に坐《すわ》っていたが、あっという間に、大倉サンに抱きしめられてキスされてしまった。彼はまだお酒の気がのこっていたのかもしれない。

そうして新調のスーツは、明るいグレーだったが、上衣を脱いだチョッキ姿が、またしても私には粋《いき》にみえた。

「だめよ、人がおりてくるわよ」

私は小さい声で烈《はげ》しくあらがった。

「大丈夫」

と彼はますます無遠慮になった。

「着物がくしゃくしゃになるわ、手を放してよ！」

私が怒ると、彼は、

「そんなら、このあと、どっかへ廻らへん？」

私はあんまり彼の手が無遠慮なので、腹をたてていた。

もしかしたら、彼は、かなり女の子を扱いなれてるわ、という気がした。彼の快活もなれなれしさも、年齢にしては女の場かずを多くふんでるせいかもしれない。

「明日でもええから」

彼はまだ、いっていた。

「あさってでもええから……。なあ。ええやろ。益井サン」

何だか私を見くびってるな、という気がする。彼はそんなことをいうくせに、しばらくすると、

「早う二階へ上りいな。怪しまれるやないか」

と気にして追っ払うようにいう。

「僕、益井サンと特別の仲になりたいな。そやけど、会社では絶対に他人やで」

私は、彼のみそっ歯が、ほんとうに子供っぽくみえて、返事もできなかった。

彼のわるごすい一面が、だんだん出てくるように思われた。

会社では彼は、私のほかの女の子と、よくふざけたり、冗談をいい合ったり、久美子までもからかったり、していた。

「益井サーン。おねがいします」

と大声で仕事をたのんでくることも前と同じだが、どうかして二人になると、すばやく体に触ってきたり、キスしたりする。

「内緒、内緒」

といったりして。

そうして、いつも私をそそのかしていた。

私は彼と飲みにいったり、踊りにいったりすると、あと、どこかへいかないといけなくなると思って、誘いに応じないでいた。

それでも、だんだんと、彼の腕の力や、秘密めかしいロッカーのかげの目くばせや、笑いや（笑うと、すぐ彼は乗じて、キスしにくる）匂いに馴《な》らされていった。

彼はちっとも変らず、快活で愉快な男と思われて、そうふるまっていたけれど、私は、だんだん、無口になっていった。

私は久美子に、彼の話をした。

久美子は、どうしても、私の話がのみこめないみたい。

「どういうこと？　結婚してっていうの？」

「そんな話、出ない」

「ごはんを奢《おご》るっていうの？」

「それだけではないの。ええやないか、なあ、ええやろ、というのはどうも……」

「ハハァ。体がほしい、っていうわけ」

久美子は顔色もかえずにいい、

「あっ。やめてよ。ひどい人ねえ」

と私のほうが赤くなってしまう。

「あんたねえ、そうよろよろしてはしょうがないわねえ、ええ年して」

久美子は呆《あき》れていた。

「なんのことない、結局、ホテルへつき合え、ってことやないのさ。バカにしてるわ。平手《ひらて》でピシャッ！　とやってやりなさいよ。あの若僧《わかぞう》め、あつかましい……」

久美子は自分も同いどしのくせに、そんなことをいって、義憤にもえていた。

「あたしはまた、あんたをもっとシッカリしてると思うてたわ。なんで、バーン！と一発、かましたれへんの」

久美子は私が煮えきらないのでふしぎがっている。私が、彼の軀《からだ》や、彼のしぐさや体臭に、だんだん馴らされ、ほぐされていって柔かく溶けかかっている、そういうことを、シッカリ者の久美子にいうわけにはいかない。

まだ、最終的に特別の仲になったのではないけれど、しかし特別の仲というのは、どういうのをいうのだろう。……彼と手が触れ合っても違和感なく、彼の唇の柔かさが好ましく、髪の匂いに心が震えたりする、そういうのはもう、特別の仲ではないのだろうか。

「いっぺん、はっきりいうたったらええねん。結婚する気？　いうて。もし、そうやなかったら、信用でけへん男やわ」

久美子は、私をけしかけた。

私は彼と帰り道が同じだったから、よく一緒に帰ったが、会社の女の子たちは、私たちのことを知らないので、いつも誰かしら、まわりにいた。

それで二人きりになるのは、私鉄の郊外電車にのるときだけだった。

「今度いっぺん、休みとらへんか、益井サン」

と彼はいった。

「僕、その日、代休とって分らんように休むから。どっかへ泊りがけで遊びにいこか」

冗談とも本気ともつかず、そんなことをいってよろこんでる。

それは、彼が、いつもいう冗談である。そうして私が、

「とんでもないわ。恥を知れ」

というので、笑い話で終りになる。電車の中ではそれきりだが、会社の湯沸室だとか、資料室なんかの中、人目がなければ、彼は、手をすばやく私のブラウスのなかへつっこんだりする。

「いやァねえ……」

なんていう淫靡《いんび》で心おどる一瞬になるのだった。でも電車の中ではむろんそれはしない。

私は、そのとき、ちょっとだまっていて笑わずに、

「大倉サン、結婚してくれるの？」

といった。

彼はビックリして、しゃっくりのような音をたてた。二人とも吊皮《つりかわ》につかまっていて、腕で声を殺していたから、電車の騒音の中では、ほかの人にきこえなかったと思う。

彼はみるみるまじめになり——というより、白けはてた顔になった。

「いま家飛び出したら食うていかれへん。オヤジ、許してくれへんと思うから、飛び出さんならんし、なあ。益井サン月給なんぼや」

私は、答えた。

「オレもそのくらいです。両方合わしたって、そんなもんではよう生活せん」

「それだけあったら、暮らしていけるわよ」

私はいった。

私の会社では共かせぎを禁じられていたが、それぐらいはどんなことをしても、私は稼《かせ》ごうと思った。

「なにを苦しんで、そんな苦しい生活、せんならんねん？」

彼は納得のいかぬ面持《おももち》で反問してきた。

それから、彼は咳払《せきばら》いして、新聞をひろげはじめた。


今年の正月は、私の人生の中で、いちばんつまらない正月だった。お天気だったけれど、母の羽織を縫わされ、一日と二日はつぶれてしまった。

三日の日は、和裁の先生のところへ、着物を着て年始にゆく。(私は、和裁、洋裁、料理の花嫁修業に通わされているのである!)

面白くも何ともない花嫁候補の女の子たちが、衣裳《いしょう》くらべに来ていた。六、七人いるのだった。取り寄せた鮨《すし》(冷たくて不味《まず》い)をたべ、気が乗らない歌留多《かるた》やトランプをして家へ帰った。

何もかもつまらなく張合なく、憂うつで、熱意がない。

年賀状も、お義理に来たらしいのばかりで、ちょっと気のはいった年賀状は、幸運にいってる奴《やつ》らのばかりである。中には返事の来ないのも多く、見すてられたようで、来年からは出すもんか、と思ったりした。

花嫁修業なんかしてると、おのずと、ひがんでゆくのが感じられる。

池中久美子の年賀状なんか、最たるものである。

「今年はどんなプランをおたてですか。あなたのことですから最初の意気ごみはすごいことと思います」

というのに至っては、からかいをこえて皮肉である。私は、会社をやめてからも久美子には常に友情をもちつづけているつもりだったのに、この皮肉は私には、こたえた。気のはいった年賀状というのは、暮れにアフリカへいったの、去年はヨーロッパへいったの、と自慢らしいことがかいてあるものだった。

春になって私は、そろそろ、花嫁修業も飽き、新聞を見て、片っぱしから履歴書をもってまわってみた。

予想以上に世間は不景気である。

それに、新聞で見て行ったところは、私がいかに世間知らずかということを痛切に思わせられた。以前の会社と打って変って、崩れかけたようなボロビルの、物置きのような小部屋がナントカ商事であったり、ナントカ貿易であったり、した。

交番のような小部屋に、五、六人の男たちが、山と積まれた履歴書を整理していた。

そんな小会社にも、求職者はむらがっているのだった。

男が、型通りに私にいろいろ聞くが、それはたいてい、

「なぜ前のところをやめたのか」

という質問が多かった。ほとんど、断るつもりで気のない質問をしていた。お茶汲《ちゃく》みや走り使いの女の子がほしいらしかった。

ほかの会社へいくと、そこも募集に応じてきた女の子がいっぱい、いた。

敵意にみちた眼で、じろじろと、ほかの女をながめていたり、夢中で、横にいる女としゃべっているのもいた。三、四十人の中から一人をえらぶらしかった。

私は、こんな会社を受けに来た、ということを父母にも兄にも、いっていない。大体、前の会社をやめるとき、口をすっぱくして止められたのだ。今になって、それより規模のおちた会社へつとめるというと、どれだけ叱《しか》られるかしれない。

それみろ、といわれてしまいそうである。

二階へ呼ばれた人は、書類銓衡《せんこう》に通った人である。「ナントカ耐熱」という会社であるが、私は、この会社が何を作る会社か、知らなかった。私は二階へよばれた。

年輩の、おだやかな感じのお爺《じい》さんに簡単な質問をされた。また、なぜ前の会社をやめたのかときかれた。

私は、結婚のつもりでやめたが、縁談が順調にすすまなかったと答えた。お爺さんは納得したようであった。

別室でそろばんの試験があった。電卓一つあれば足るのに、と思いながらも、私は四桁《けた》の掛算と足し算に合格した。

もういちど、別の男に面接されて、追って通知します、といわれ、私は帰ってきた。

「ごくろうさん」

とさっきのお爺さんにねぎらわれ、感じのいい所だなあ、……という気になった。

私は会社をやめることを、最後まで、彼にいわなかった。

彼は人にきいて、

「益井サン。やめるの？」

と、すこし顔色をかえていってきた。

「そうよ」

「なんで?!　結婚すんの？」

「うーん、どうかな」

「ハハァ」

彼は毒気をぬかれたみたいである。でも私は、彼の鼻をあかしたというような気はなく、実をいうと、とうとう彼と「特別の仲」にならなくて別れてしまうのがざんねんであった。

でも、長く彼のそばにいると、いつかはそうなっていたろう。結婚を求めないで、彼の要求に応じていたろう。

「あんたバカにされてんのよ」

と久美子にいわれたけれど、「バカにされて何がわるい」という気になって、彼に溺《おぼ》れていたかもしれない。

私はそれを危ぶんで、事前にうまく身をかわしたのではなかった。はじめのころの、大倉サンの好もしさ、「益井サーン」といってきた彼の好もしさが変質するのが淋《さび》しいからだった。私は好もしい思い出のまま別れたかった。

「淋しいなあ。僕、淋しィなるなあ」

彼はそういった。それは悪ごすいところもあつかましさも身勝手もない、ほんとうの、彼のいい所だけ出た声みたいだった。

私は、会社をやめ、彼のそばを離れてよかった、とこのとき思った。

「そんならさいなら。元気で！」

彼は握手のため、手を出した。いろんな思い出のこもった握手である。

私は会社をやめてちょっとばかり惜しくはあったのだが、この握手は、それだけの犠牲を払って充分な価値のあるものだと思った。

彼の眼は、欲情にぬれていて、それは、彼のチョッキの背中の繻子《しゆす》のなまめかしさと同様、とてもしっとりした風情《ふぜい》だったからである。彼は私を手放して心から惜しがる風だった。

練炭の失敗でくさくさしていると、私に葉書が舞いこんだ。

「ナントカ耐熱」から、「採用しますから×日より出社して下さい」という採用通知である。

やれやれ、また世の中へ出ていけるのだ。

世の中にはいい男もいっぱい、いるだろう。

私は春、冬眠からさめたようにうれしかった。

でも、彼ほどチョッキ姿のなまめかしい男にはあえない気がする。――そうしてその魅力にひかれていたということは、私にも、彼への欲情があったことである。溺れずに身をひいてしまったのが、すこしばかり惜しい気もされる。

おそすぎますか？

いまにして思えば、私は、男と女のちがいにあまりにも無智《むち》だったといえるかもしれない。

自分がこうだから、彼もこうだ、と信じこんでいて、自分が女であり、彼が男であることはわすれているのだった。

いや、忘れるほど、私は彼と密着していると思っていた。男も女もなしに、一心同体だと信じこんでいるのだった。

それはちがうのに……。

一心同体でも、夫は男であり、妻は女であるのに。

ずうっとあとになってやっとわかったのだけれど、たとえば私が仕事で家を空ける、帰ってくる彼のために、置き手紙をしておく。

「蘭《らん》の花に水をやってね。

冷蔵庫に肉がありますから、いためて下さい。サラダは下の段。ジャーの御飯はたきたてですから、あしたの朝も大丈夫です。

アー、いきたくないけどいってきまーす。

デハ」

下に私の似顔絵(実物よりもっと可愛《かわい》らしい)をサイン代りに描いた、そんな手紙を台所のテーブルや冷蔵庫の上においておく、そういう手紙に対する私の感じかたなり、それの及ぼす効果なりは、男と女では、たいへんちがうものなのだった。

女は、「物」に執着するから、もし、そういう手紙をあべこべに男が書いておいてくれたら、

(フフ……)

なんて読んで笑って、キスしたりする女もあるだろうし、その短いメモに男の愛情を汲《く》みとる気がして、日記にシオリのように挟《はさ》むかもしれない。

そうして手紙の指示通り冷蔵庫のドアをあけ、肉をいためサラダを食べ、男の不在を淋《さび》しがらずにすんだかもしれない。

女なんて、ほんとに、複雑なようで単純なところがあるし、りちぎなものだから……。

しかし男はちがうのだった。

帰って来て、女の置き手紙を見ると（女が仕事で旅行し、家をあけることは前以《まえもっ》て知らされて、ようくわかっていたにもかかわらず）よけい腹が立ち、まわれ右をして、駅前でへべれけに飲んでくる。

そういうものなのだった。

まわれ右して飲まなくても、家で、水割りを作って飲み、インスタントラーメンをかっこんで寝てしまう。

旅から帰った私が発見するのは、台所の床におちた私の手紙、冷蔵庫の中の、手をつけられぬまま味が変質したサラダに、包んだままの肉。

「ねえ。どうして食べなかったのオ？」

すると、透《とおる》はぼそぼそと、

「ひとりで食えるかい、あほらして」

というのだった。

「こまっちゃいますね、前はひとりでチャンチャンとご飯つくって食べてたくせに……」

私は、それから演説した。自分で自分のことがやれない若い男が多くなっていて、それは母親が可愛がった過保護の結果なのだから、これからは男を教育するより、母親予備軍を教育するべきだという婦人欄の記事のような演説。

――透は遮《さえぎ》りもしないで、煙草《たばこ》をふかして聞いているので、私は、私の意見に賛成しているのだと思って得意だった。

「だから、透サンも無精しないでこれからはコマゴマと自分でやるクセをつけて下さい。中年男はもうあかんけど、あなたは若いんやから」

「若うても中年でも」

と、透は口を入れた。

「一人でメシつくって食べてるなんて、淋しいよ。……独身《ひとり》の時なら、そんなもんや思《おも》てするけど、結婚してまで自分のメシを自分で作るなんて、淋してなあ」

「淋しがり」

「ほんまやで。うそや、思たらやってみ」

私は透に、「淋しい淋しい」といわれるのが、満更ではないのだった。

淋しい、といわれて狼狽《ろうばい》して、

(かわいそうだわ……淋しがらせないようにしてあげなくては)

と心を痛めるようなことは、ついぞ思い浮かばなかった。それどころか、

「再来週にまた、二、三日出んならんわ。なるべく日曜避《さ》けるけど」

といった。

「また、行くのか」

透がびっくりすると、

「しようがないでしょ」

と、彼の難詰《なんきつ》を封じるように高飛車にいっていた。私はその代り、家にいるときは最高によくできた妻で、恋人だと自負していた。

掃除はきれいにするし、料理は上手だし、いつも思いがけないことをいったりしたりして、透を面白がらせるし。（それは、仕事面の内輪話なんかだった）透のセーターも編むし、酒の相手もするし。

それらの充実した時間、充実度が濃いために、週に一、二日は仕事でいなくなったって充分、償える、と信じていた。事実、私が家にいて、妻らしい、世のつねの女らしい日常を送っているとき、透はほんとうにうれしそうだった。

私は、せっせと家事をし、

（これだけやったから、さあ、また仕事に出られるわ）

と、何かに充電したように考えていた。

しかしそれは、女の考えであったのだ。

男は充電してたくわえるということはないのだ。

一年、いっしょにいても、一日離れていれば御破算になってしまう、そんな微妙な、ワガママな所があるらしい。

でもそのころの私は、男と女の違いに気付かず、自分サイドで（女の考え方だけで）透を規制しようとしていた。

（少々は不便をかけてるかもしれないけど、ふだんは一生けんめい尽くしているんだもの）

――それは、私の傲慢《ごうまん》というものではなかった。私は、無智だったのだ。


私はある出版社に勤めている。

大阪では出版社は珍らしい。

小さい出版社だけれど、わりにかっちりとしたいい出版社で、（大阪では珍らしく）儲《もう》かっているらしい。

その代り、社員はヨソの二倍、三倍に働かなければいけない。

私は仕事が面白かった。人にも有能といわれ、自分でもそう思い、仕事を追ってくらしているうちに、またたくまに二十七になっていた。

私の友人の紹介で、透と知り合ったときも結婚なんて考えていなかった。ただ、透といると、気楽でたのしかった。

喫茶店なんかで待ち合せて、新聞を読んでいる透のそばへ、

「ああ、しんど」

と腰をおろす。〈待たせてごめんなさい、でもなく、コンニチハ、でもなく〉

私はいつもギリギリの限界まで体力を費消して仕事していたから、まるで引きしぼられた弓のようで、仕事から解放されると、ドッと疲れが出るのだった。

そういうとき、のんびりして、やさしい透の顔を見ると、気も体も安まった。

「いつも、〈ああ、しんど〉やな。ちょっとぐらい、色けのあるコトバが言えませんか」

と透はニヤニヤしていうのだった。

私は、疲れていたが、透をあいてにとりとめもない世間バナシをしていると、だんだん元気をとり戻し、

「さ、いこか」

と勢よくいって、お酒を飲みにいくか、御飯を食べにいくか、映画に出かけるか、する体力気力が湧《わ》いてくる。

透は、私を見ていると、

「ダンダン元気になっていくのが目に見えて面白い」

とおかしがっていた。

目もイキイキし、肌も光ってきて、声はうわずるそうである。

「それが、いつものアンタの地やな。いつもそんなんでいたらええのに、あんまり仕事のしすぎです」

と忠告するのだった。

「もっとヒマな部署へ代られへんのんか、いまに体、こわしてしまうデ」

「人手が少いんやもん……どうしても働かな、いかんようになってしまうのよ」

「体が保《も》ちません、いうて代ってもらえよ」

私はそんなことを申し出るよりも、仕事の面白さに心を惹《ひ》かれていた。良心的に仕事をしようとすると、しなくてもいい労苦を積み重ねることになる、それを私は厄介に思わず、むしろ喜んでいた。

よくあるＯＬの、時間さえたてば、というような仕事ぶりを、そのころの私はいちばん軽蔑《けいべつ》していた。

私はすこし、仕事に気負っていたことも事実である。

「ダメよ、代り手ないのよ」

私は笑った。

「あたし、コキ使いやすいタイプらしいわ。結婚でもしたら、また、手心してもらえるかもわかれへんけど」

「そんなら結婚しますか」

透がそういい、私は、

「でも、結婚したからルーズになった、といわれるのはいややもん。よけい働くかもしれません」

と笑っていた。マサカ、ほんとうに結婚する、なんて思わないから。

「君なあ、仕事だけが人生とちゃうで」

透はそういい、

「まあ、そない楽しんで仕事してる女の人は、見てて気持ええけど、しかし、仕事よりもっと面白いこと世の中にあるかもしれへん。そんなん考えたことある？」

私は、考えたことがなかった。

私はそれから、時々ふっと、この言葉を思い出すようになった。透から、「今晩飲みにいこか？　六時？　またおくれるのやろ、六時半にしよか。きっちりおいでよ。僕、待たへんデ」なんて、デートの誘いの電話がかかってくる。

と、その午後中、私は仕事に弾んで、なおいっそうクルクルとよく働くのだった。

このたのしみは、透と会えるという、ときめきのためではないのか？

そう思うようになった。仕事以外のたのしみとは、このことではないか。そして、「このこと」というのは恋ではないか？

そう思いながら私は気がたかぶるまま、疲労のきわみまでクタクタになるほど働いて、

「ああ、しんど」

と透の前に腰をおろすのだった。

「でも、この前よりは顔色きれいデ」

なんて、透は私を元気づけるようなことをいってくれる。

透の会社も忙がしいそうだが、それでも勤務時間は一定していて、週休は二日である。日曜もろくに休めない私の職場の実態など、いくら説明してもわからないかもしれない。

「大手の出版社なら、むろんちがうでしょうけど……」

と私はいった。

「小さい出版社やから、みんなが一生けんめい働かんとあかんのよ」

「労組なにしとんねん」

「そんなこと誰も考えてないのとちがうかなあ」

でも私が透と結婚したのは、甘えたいからだった。「ああ、しんど」と坐《すわ》ると、

「疲れた？」

と、コーヒーに砂糖を入れてくれるようなやさしさや、ダンダン私を元気にならせてくれるような彼の、目にみえぬ心づかいが欲しかったからだった。

むろん、結婚しても仕事はつづける、というのが条件だった。

「ええよ」

と彼はいってくれた。

結婚する、というと、次長の中島サンが、

「結婚するの？」

とガッカリした顔をした。

「やっぱり、したいの？　麻《あさ》ちゃんみたいによう仕事のできる子が、結婚するなんて

惜しいな」

「いやねえ。お祝いをいうてくれはるのか、と思《おも》たら……」

　私はおかしかった。

「いや、ほんま。結婚なんて誰でもできるけど、麻ちゃんほどの仕事できる子は、ほかにいてへんもん。まあ、しようないけどな」

「でも、結婚しても仕事します」

「当り前やないか、結婚して家へ閉じこめるような男なんか、亭主にすなッ！」

といわれてしまった。この中島サンは、私が入社したときから、いろいろ仕事を教えて手ほどきしてくれた人だった。

　結婚式の日も、私はギリギリまで仕事していた。時間に遅れてはいけないと思いながら、仕事先からタクシーで結婚式場へかけつけ、母や親戚《しんせき》の婦人連に叱《しか》られながら、走って着付室へ飛びこんだ。借り衣裳《いしょう》のウエディングドレスなので、体ひとつもちこめばよいのだけれど、花嫁の着付がいちばん、あとになった。

　私は式場でも、忙がしい気がして走りたいくらいだった。それで披露宴で、透と坐ったときに思わず出たのは、

「ああ、しんど……」

という言葉だった。

しかし私はそれを、満足の意味をひびかせて発音していたのである。可能性のギリギリまで自分を表現して、せい一ぱい人生を生きているように、自分で誇らしかったのである。

結婚も仕事も、そのどちらにも全力投球して、ツッ一ぱい、張りつめているのが生命力の充実だと思っていた。私は、そのどちらにも全力投球して、うまくやれると思っていた。

黒いモーニングを着た透は、かすかに私にだけわかる笑みを送って、

「しんどかったか」

といたわってくれた。

私はそういうやさしさや、いたわりが要るために結婚したので、

「ウン!」

と甘えていた。

これからのちも、ずっと、それが私に浴《あ》びせられるもののように考えていた。シャワーのように「しんどかったか」とか、「体、こわすよ」とか、「それでもこの間より、顔色きれいよ」とかいうやさしい言葉が、ふんだんに浴びせられるもののように思っていた。

透は、気のやさしい男だった。

それはまちがいないが、でも男は、結婚すると変るのだ。私はそれにも無智《むち》だった。

冷蔵庫の上の置手紙が多くなり、私は、私の似顔絵を描き慣れて、まるでサインのように乱発した。

それらは何枚も散っていた。台所の床に、テーブルの下に、戸棚の前に。

透は私のメモを読んでいるのか、読まないのか、しまいに分らなくなった。

すれちがいが多く――といっても、透はたいていきまった時間に帰るので、すれちがうのは、私のせいである――一緒にいる時間が少くなったのは、私が旅行の本を担当させられ、旅に出ることが多くなったからである。

たまに早く帰れると思う日、私はいそいそと透に電話して、どこかへいこうといった。

「たまに早う帰るんなら、同じことなら家で食べようよ。麻ちゃんの手料理で」

透は機嫌がよかった。

「久しぶりやないか。せっかくの晩に、外食なんか、しとうないよ」

「そうね、六時には帰ってご飯しとくわ」

二人きりでいたい、という透のコトバは私にはうれしかった。

ところが、その日も更に、仕事が来た。私はかなり要領がよくなっていたので、うまくいくるめて翌日にまわす手配をし、どうにも融通のつかない分だけ、大いそぎでやった。腕時計を見ながら、ドキドキして……。

(こんなことなら、ワザワザ、電話するんじゃなかったわ)

と私は後悔していた。よけいな期待を持たせられた分だけ、透がふくれるであろうことは、さすがの私にもわかった。私は仕事が終ると会社をとび出した。ターミナルの駅で、すでにもう、家にいるべき時間だった。ここから郊外電車で四十分はかかるのだ。

私は、なぜ透に「早く帰れるわ」などと電話をかけたのか、考えてみた。私は、透の機嫌のよい声をききたかったのだ。彼を喜ばせたかったのだ。

彼が家に帰ったとき、電灯がついていて、私が台所にいて、テーブルには湯気のたつ食事が並んでいて、テレビはつけっぱなしになっている、そのときの透のうれしそうな顔を私は、見たかった。その喜びを共有しようと思った。そのうれしさを予告し、さらに強い喜びにしたかったから……。

しかし、帰ってみると、透はいなかった。

まだ帰宅していないのではなく、すでにいちど帰宅し、私を待って、(それはどのくらいの時間かわからないけど)六時からかなり経《た》つのに私が帰らないので、外出したらしい。

服はきちんとハンガーに吊《つ》ってあった。(透は自分で自分の身のまわりをきちんとする男で、そのため、共かせぎの私はかなり助かっている)彼は、ふだん着のコール天の上衣《うわぎ》で、外出したらしい。

(煙草《たばこ》を買いに出たのかしら?)

(駅前へ飲みにいったのかしら?)

私はしばらくボーとして坐っていた。梅雨寒《つゆざむ》の夜で、六月というのに信じられないくらい、冷える。

(レインコートも、着ずに出ている……)

私は、しらずしらずのうちに、透のことばかり考えている。

二十分ぐらい待ったけどまだ来ないので、私は思いきって外へ出た。透がいつもゆくという焼鳥屋へ、私はいっぺん連れられていったことがあった。

バスに乗ると早いけれど、歩くと十五分ばかりかかる。私は傘を傾けて、雨の中をあるいた。

もしかして、その店に彼がいたら……。いっしょに飲んだり食べたりして帰れて、彼のご機嫌も直るし、却《かえ》って楽しい晩になるのだけれど。私は虫がいいな、と思いながら、そんなことを空想していた。いつか、結婚して間なしのころ、私が例のように息せききって帰ると、彼は、いっぺん帰宅した形跡はあるのにまた出ている。食事の支度をしていると透から電話があって、

「おいでよ。焼鳥屋で飲んでるから」

というのだった。

「いま、御飯つくってるところよ」

「そんなん、抛《ほ》っとけ。僕が奢《おご》るよ」

なんていい、私が飛んでゆくと、彼はもういい顔色でいたが、横へ呼んでくれて、私にお酒をつぎながら、

「帰って真ッ暗やと淋《さび》しいてね。ええい、とまた、ここへ引っ返してん。すると一人で飲んでるとまた淋しいてね。よし、電話してまだ帰ってなかったら、お灸《きゅう》すえたる！　思《おも》て電話した！」

「よかった！　タッチの差で帰ってた！」

なんて楽しく飲んで、唄《うた》をうたいながら夜道を帰って来た。そしたら角の家の窓がガラリとあいて、

「夜中ですよ!　静かにして下さい!」

と叱られてしまった。透と二人で、

「ごめんなさい」

とあわてて、あやまったっけ……。

あの思い出は、なんと遠くなってしまったことだろう。でも、もしいま、その時と同じようにあの店に透がいてくれれば、いっぺんにみな好転するんだけれど、と私は、必死に駅前へいそいだ。

焼鳥屋には透はいなかった。

となりの小料理屋にも、おすし屋にも……。ガラス戸の外から透かして捜すのだけれど、彼の姿はなかった。

雨の中をうろうろとさがしている私が、とてもみじめに思えてきた。

もしかして、入れちがいに彼は帰ったのではないかしら?

そう思うと、私はあわててまた泥ハネをあげながら引っ返した。

家にもいなかった。私は食事をつくったまま、食欲もなくなってぽつねんとしてい

た。

十一時ごろ、透は帰ってきた。

ひどく酔っているみたい。

「どこへいったの？」

といっても返事しない。じっと立っていられないくらい酔っていて、ポケットの中の物をつかみ出してテーブルに置き、服をぬいですぐ、寝床にもぐりこむ。苦しそうなので、

「そんなに飲まなくてもいいのに……」

といったら、

「いつ帰っても居らへんのに、飲まずに何をしてろというねん」

透は静かにいった。

怒らないのが、私には恐ろしかった。私は一生けんめい仕事のことを話した。どれだけイライラして仕事を片付けようとしたか、帰ってまたいそいで捜しにいこうとしたことやら……要するに、要するに、私は、いつも透のことを考えていたのに。

透は、

「それなら電話なんか、せんといたらええやないか！」

といったきり、口をひらかなかった。

私は、落度はみな私にある気がした。


透が、家のものはみんなゆずるといって出ていったのは夏もすぎて、寒くなってからである。

私は別れるのはいやだといって、籍もそのままにしていた。

ある日、私の会社へ、見知らぬ女の人がたずねてきた。私は、彼女の訪れを、あらかじめ透から電話で知らされていた。

「どうしても、というのでね。会《お》うたってくれへんか」

「何を話すの?　どんな用件ですか」

と、私はきいたが、大体、わかる気がしていた。

「一緒に来るの?　あなたも」

「僕は行かへん。あいつが一人でゆくっていうから」

私は、「あいつ」という透の言葉のやさしい口調に痛みを感じた。それはもう、怒りというより悲しみだった。

「あたし、あいかわらず忙がしくて、何時に家へ帰られるか、分らへんから……」

「昼休みの時間にでもいいよ」

それで、女の人は、昼休みに訪ねて来たのだった。

小柄でひよわな、二十六、七の、オドオドしたような眼付きの女だった。私が受付へ出ていくと、音の出そうな、強い視線を私にあてた。そうして堅い微笑を私にみせた。

（透の、いい人だな、これが）

と私はすぐ、思った。

私が次の瞬間、いったのは、

「よう冷えますね、毎日……」

と、ベテランの職業婦人らしい、世慣れた挨拶《あいさつ》だった。

「ハイ」

と、女の人はホッとしたように答えた。

（きっと、この人、赤ちゃんを産むんやわ。それで私に離婚してほしい、と頼みに来たんやわ）

私はそう考えていた。考えながらも、

「お昼まだ？　何やったら、この隣りのビルに、温《ぬく》い蒸《む》しずしがありますけど、いかが」

と愛想よく、いった。彼女は気をのまれ、

「ハイ」

ぎごちなく返事してついてくる。

寒い寒い日だった。私は彼女を案内しながら、中島次長を喜ばせることになるだろうと考えた。私はやっぱり、仕事をとります、といって。

そのくせ、正反対のことも考えていた。透に（別れない。別れたくない）と泣きわめいてみたらどうかしらと。（もういっぺんやり直しさせて下さい。今すぐ、会社もやめます。仕事もやめますから……）って。

（おそいですか？　今からではもう、おそすぎますか？）って。

（あたしは、あなたを必要としてたのに——それがわからなかったの？）って。

私は立ち止まって、目をこすった。

「ひどい埃《ほこり》」

「ハイ。ほんとうに」

見ると、女の人も、たちどまって目をこすっていた。目をあけていられないような空っ風が砂埃を捲《ま》いて吹きつけていったが、私が目をこすったのは、そのせいだけではなかったのだったけど。

ひなげしの家

叔母さんの家の庭には、初夏から夏にかけていっぱい、赤いひなげしが咲いた。わたしはひなげしが大好きで、その季節、遊びにいくと、いつもどっさり、もらって帰るのだった。

「手入れもしないのによく生えるわ」

と叔母さんは笑っていた。

ひなげしは白い金網の垣根に沿ってむらがり咲いた。茎にも花のがくにも荒々しい粗毛がむくつけく密生しているくせに、つぼみがぽかっと割れて弾《はじ》かれ、ひらいた花は、風に揺らぐような、うすいひらひらの繊細なものである。

花は神サマの手によって注意ぶかく丹念に折りたたまれ、うすいうすい紅《あか》い花弁が、シワシワになって捻《ひね》られている。

それが、時いたると、静かな力にみちて、いま目がさめました、というように、

「ポン」

とかるく、がくを破って、

「ふわーっ」

とひらきはじめるのだった。

ひとひら。

ひとひら。

目にみえぬ神サマの手がシワシワの花弁をひらいてゆく。とても薄いのに破れもせず、みーんな静かにひらききると、風に身をゆだねるようにしてそよぐのだった。

そういう花がいくつもいくつも重なり、そして白い金網の向うには、青い海があった。

わたしはこの、叔母さんの海のみえる家が好きだった。

「ああ皐月《さつき》　仏蘭西《フランス》の野は火の色す君もコクリコわれもコクリコ」

という與謝野晶子《よさのあきこ》の歌を、わたしは思いだしたり、していた。コクリコはひなげしのことである。晶子は明治四十五年、三十四歳のとき、さきに洋行していた夫・寛《ひろし》のあとを追ってパリへいったということだ。

寛はこのとき三十九歳。晶子は夫恋しさに堪えかねてパリへ追ったと、わたしのよんだ本には書いてあった。それは、晶子のコクリコの歌でもわかるような気がした。いちめんの野を掩《おお》うひなげしの火の色は、きっと晶子の心そのものでもあったろう。でないと、こんなに昂《たか》ぶった美しい恋の歌になるはずはないもの……。

わたしはこの歌が好きなのだが、正彦サンはそう思わないようだった。

「そうかなあ……けど、三十九と三十四の夫婦やろ、子供もいるのやろ」

「七人ぐらいいたはずよ」

「へえっ！　そんな夫婦が、恋の歌なんか、よめるのかなあ！　そんなん、きっとテクニックや思うな。プロの歌人やからなあ」

わたしは自信がないのでだまっていた。なぜかだいたいに於《おい》てわたしは、何にでも自信がない。わたしはまだハタチにもならないし、何につけても断言できるものがない。でも……でも……もしかしたら……。

三十九と三十四の古い仲の夫婦で、子供も七人もある男女だからこそ、恋し合ったのではないかしら。わたしにはよくわからないけど、きっとその想《おも》いは、憎しみや反《はん》撥《ぱっ》やあきらめや……そんなものを複雑に湛《たた》え、その上に咲く恋だったのかもしれない。

「罌粟《けし》咲きぬさびしき白と火の色と　ならべてわれを悲しくぞする」

という晶子の歌もあるから、悲しい想いも持つ恋だったかもしれない。

でもわたしはそんなことはいわずに黙っていた。大学では弁論部の部長をやっていたという正彦サン、弁護士になろうとして司法試験を受けようとしている正彦サンに、弁舌で論破する勇気はなかったから。というより、正彦サンが好きなので、いつのまにか、無邪気にモノがいえなくなってしまうのであった。わたしは正彦サンの前では口少なになった。好きだけど、正彦サンとわたしは考えがちがうことが多い。正彦サンがバカにしている叔父さんだって、わたしは好きである。

正彦サンの叔父さんは、つまりわたしの叔母さんの、枝折《しおり》の連れ合いである。もっとも、結婚してはいなかった。叔父さんにはおくさんも子供もあり、家もあった。しかしもう十年も、わたしの叔母さんと暮らしている。つまり本妻を逃れて別の女と同棲《どうせい》してるわけである。

叔父さんはもともと絵描きだったそうだが、いまは、あまりはやらない商業デザイナーになっていた。それでも仕事はとぎれずにあるようで、わたしは叔母さんにときどき絵をみせてもらった。マンションの完成図みたいなのもあった。きっと、パンフレットのなかにそれは収められるのだろう。モダンな明るいマンションには、各戸のベランダに花が咲き、ガラス戸はぴかぴか輝き、ロビーの床は大理石のようにつるつるしていた。よく見る絵だけれど、原画で見ると色彩がきれいで美しかった。

「すばらしいマンションねえ……こんなとこに住んだら、ええでしょうねえ」

わたしはうっとりしていった。

「叔父さんの絵はきれいでしょう、ねえ?」

叔母さんは、いつも叔父さんの絵を自慢にしていた。でもわたしが心の中で思うのに、その絵は無個性だった。パンフレットの中に収められる絵が、あまりに個性的な芸術的なものであってはこまるだろう。正確に、建築物のアウトラインや感じを規約に従って描き、欠点をかくし、長所を強調するという、商業的要請に副《そ》ったものでなければいけないだろう。叔父さんはそのため、それらしく描いていた。

わたしがその絵をみてうっとりしたのは、だから絵に芸術的感動を強いられたためではなく、こんなマンションに、正彦サンと結婚して住んだらどんなにいいだろう、という、はかない空想のせいなのだった。

でも叔母さんは、ひたすら叔父さんの絵を自慢しているようであった。

叔母さんは神戸の、都心をはずれた西の盛り場に「シオリ」というバーをやっていた。女の子を一人使っているのだが、いつもやめたり休んだりして、手こずっていた。わたしが高校を出たら手つだってほしいといっていたが、そしてわたしも、やってもいい、と思っていたのだが、

「とんでもない」

と両親は猛反対した。

「ハミダシは枝折ひとりでたくさんやわ！」

と母は憤慨していた。枝折叔母さんは母のいちばん下の妹で、中学の頃からはみ出して、家出をしたりした問題児であったそうだ。若いうちからホステスになり、親類中はあまりつき合いもしていなかったが、わたしの母とだけはわりにゆき来があった。わたしはそれに叔母さんが好きであった。母より美人で派手な顔立の大柄なひとだったが、それは夜、化粧した顔の話である。

昼間の素顔を見ると、別人のように肌が荒れて、母より老《ふ》けていた。それが、バーへ出てゆくという夕方五時ごろお化粧しているのを見ると、髪は茶色で、唇は真ッ赤で、ほっぺたは濃い緋桃《ひもも》色、まぶたには青いアイシャドーをつけ、まるでオバケのようだった。そんなオバケが、バー「シオリ」のうすぐらい灯のもとでは、いっぺんにあでやかな大柄の、豊満な美人にみえるのだから、夜の電灯やムードというものはふしぎである。

わたしは両親にナイショで、バー「シオリ」に一日だけ、つとめたことがある。

「あたしの妹ですのよ。梨枝子《りえこ》、っていうんですよ」

と叔母さんは、お客さんに紹介した。

お客さんは若いサラリーマンが三分ぐらい、中年が七分ぐらいで、カウンターに十人くらい坐《すわ》ったらいっぱいだった。壁際《かべぎわ》のボックスはお客さんたちの荷物置場になっていた。

「リエちゃんか、ママによう似てるなあ、やっとここへ通う楽しみができたなあ!」

とお客さんが叫び、

「まあ。いままでがまんして通ってたの?」

叔母さんはお客さんの手をつねった。

「リエちゃん、握手させてくれ!」

という男の人もあり、叔母さんはそのたび、

「だめよ、この子純情なんですから」

とさえぎった。けっこう忙がしくて一晩はあっという間にたってしまった。わたしは面白そうだったので続けたかったが、そのころ就職がきまってしまっていたし、両親の反対を押して枝折叔母さんの店で働くこともできなかった。

叔母さんは残念そうだった。

でも、日曜にときどきわたしは叔母さんの家へいった。二年ばかり前、叔母さんは

町中のアパートを引き払って、高台の家を買った。ひなげしが植えてある家がそれである。わたしは掃除に通ってあげるのだった。

叔母さんはお料理は巧《うま》いが掃除のへたな人で、家のなかはいつも乱雑に汚れていた。そんなところも、わたしには親しみやすく思えるのだが、ほっとけないような感じもするのだ。

叔父さんは大男で、無精ひげを生やし、いつもねむそうな眼をした、おとなしい人であった。仕事部屋へこもっていないときは、台所につづく居間で、壊れかかったソファに寝そべってテレビを見るか、酒を飲んでいた。その部屋からは海が見えたが、ソファに坐っていると窓枠《まどわく》すれすれに見えなくなるので、叔父さんはクッションをいくつも重ね、高くして海が見えるようにした。

めったに口を利《き》かないが、わたしが話すと機嫌よくしゃべった。

ひなげしの花びらを砂糖といっしょに煮ると、咳《せき》のクスリになる、などということを叔父さんは教えた。ひなげしの別名は虞美人草《ぐびじんそう》というのだともわたしははじめて叔父さんに教わった。

叔父さんと叔母さんは仲がよく、お休みの日は二人とも、朝からソファにクッションを幾枚も重ねて海を見ながら、しゃべっていた。

といっても、おもに叔母さんがしゃべり、叔父さんがにこにこして聞いているだけだった。

叔父さんはバー「シオリ」へは来ないので、「シオリ」の客のことは何も知らないのだが、叔母さんが、常連について一人一人、くわしく話すので、未知の男たちをずっと前から知ってるような気がするらしかった。

「トンちゃんらしいやないか」

とか、

「竹やんにしたら上出来やな」

などというのであった。

そういうたんびに、叔母さんはおどりあがるように笑みくずれ、

「そうなんよ！　そこがトンちゃんらしいのよ！」

とか、

「そうよ！　竹やんにしたら上出来やわ！」

と叫ぶのであった。まるで二人の共通の友人のようであるが、叔父さんは、実物の「トンちゃん」も「竹やん」も知らないそうだった。「叔母さんの話のなかの」トンちゃんや竹やんとは、十年来の馴染《なじ》みであるらしかった。

叔母さんのバー「シオリ」は、つぶれもせず、とくにはやりもせず、常連もそのまま年とって十なん年、つづいているそうだった。

叔母さんは「シオリ」を大事に思って、昼すぎからコトコトと、いろんなものを作ったり炊《た》いたりし、パックに詰めてそれを紙袋やバスケットに入れ、オバケのような化粧をして、着物を着更《きが》え、寒いときは防寒コートやショールを巻きつけ、トコトコと高台を下り、バスに乗って盛り場へかようのであった。

そうして、真夜中の一時すぎ、タクシーで帰ってくる。車がつかまらないときは、三十分も歩いて帰るのだった。お酒を飲むので、高台を登るのは苦しい。時々、下の道から石を投げると、家の庭へカチン！　と入ってくる。叔父さんはいつも起きているので、それを聞くと、石段の下まで迎えに来てくれるのだそうである。

「疲れた、疲れた。ああ苦しい」

と叔母さんがいうと、叔父さんは叔母さんの腕を肩にかけてやり、抱いて連れ帰るそうである。

叔母さんは叔父さんに甘えているようにみえた。

それは、二人のやりとりを聞いて、若い私にはすぐわかった。

若いから、すぐわかるのだった。

なぜって、若いときはとても潔癖で、男女の応酬に敏感だから……。男女のあいだの目にみえぬ感情のながれ、声もなくゆきかう視線、そういうものが、ビンビンと痛いほどひびき、いやらしく思え、目をそむけたくなるのだった。わたしは枝折叔母さんは陽気で屈託ない人なので好きだが、叔父さんに向って、

「なに。あたしに逆らうの？　あなた？」

と、かるいいさかいをしている口調に甘ったれた色っぽさをかぎつけ、（いやらしいな）とちょっと思った。

でもそれは、ある種の嫉妬《しっと》だったかもわからない。わたしは、正彦サンにそんなふうにものがいえる日を、夢想しているのだった。

叔父さんは笑って、すぐ降参していた。

叔父さんは四十二で、叔母さんは三十八であった。叔母さんがバー「シオリ」に出かける時や、買出しにいく時のほかは、たいてい二人は一緒にいた。食事するのも、海を見ているのも、テレビを見るのも一緒であった。

わたしがお天気のよい日曜に、高台の家へいって、

「またお掃除してあげるわ、叔母さん」

とエプロンをつけながらいうと、

「たのむわ」

というだけで、叔母さんは叔父さんと二人で新聞を読んだりアイロンをあてたりして、叔父さんのそばから離れようとしなかった。

「あたしたちはねえ、おそく知りあったので、ちょっとでも長くいたいの……」

叔母さんは真顔でそういうのだった。

わたしには、それも、すこしいやらしく思えた。

お互いに肩を叩《たた》きあったり、中年すぎの健康にいいという漢方薬を、せっせと煎《せん》じて、二人で服《の》んだりしているのをみると、目のやりばにこまる思いだった。若い恋人同士とか、もっと年よりなら、見よいのであろうけれど、中年の男と女が、体をくっつけて坐ってたり、首すじを揉《も》み合ったり、してるのは、慣れるまでへんな感じだった。

でも慣れると、何でもなくなった。

それは、何か、わたしから見ると、二人とも年こそとっているが、（そして、叔父さんは曲りなりにも絵をかいて暮らし、叔母さんは小さくても食べていける店をもち、一人前の社会人であるにかかわらず）どこかたよりない、庇護《ひご》したくなるような心もとなさが感じられるからだった。

ハタチにもならない未成年が、四十前後のオトナに、こんなことをいうのはおかしいけれど、少くとも、枝折叔母さんたちは、どこか風変りだった。ウチの両親とはちがっていた。

たよりなさからくる、人なつこさ、やさしさみたいなものがあった。

二人とも、わたしがいくと、とてもよろこんだ。ご馳走《ちそう》をしてくれて、叔父さんは口下手なくせに一生けんめい、笑わせようと努めているのがわかった。わたしがガラスを拭《ふ》いたり、トイレのタイルの床を磨いたり、こわれたトイレのペーパーホルダーを修繕したりすると、二人は大げさに感謝した。わたしは掃除が好きだったから、掃いたり拭いたりを楽しんでやるのだった。叔母さんたちを喜ばせてあげるのも、好ましかった。

正彦サンは時折しか、この家へ来なかったが、わたしは正彦サンと会うのをひそかに期待して来た。いや、わたしの掃除好きも、ひょっとしたら正彦サンに会うためかもしれない。

正彦サンのお父さんの、末の弟が、叔父さんなのである。叔父さんは、枝折叔母さんと同様、一族とは縁を切ったようになっているので、正彦サンが時折、親類の用事を伝えたり、別居している叔父さんのおくさんからのことづてをいいにきたり、するのであった。

　叔父さんと叔母さんは、正彦サンをもよろこんで迎えた。しかし正彦サンは、あまり叔父さんにいい感情はもっていないようであった。（叔母さんに対してもそうかもしれないけれど、わたしにいうときは、さすがに遠慮して、それは口にしなかった）

　正彦サンは、お父さんやお母さんに聞いているらしく、叔父さんをバカにしていた。

「叔父さんはねえ、若い頃からぐうたらで学校ぎらいで、おじいさんも手を焼いたんやて。親の名をかたって金を借りあるいてねえ、詐欺《さぎ》をしたりして親類中の鼻つまみになったって。ともかくだらしなかったらしいぜ」

「ふうん」

「いまだって、あれは全く、ヒモやからねえ、あの生活は。ま、こんなことといったら梨枝ちゃんにわるいけど、叔母さんのために、自分のおくさんも子供も十年、ほったらかしやからねえ、水商売の人と一緒になってねえ」

　正彦サンは、叔父さんに（ひいては枝折叔母さんに）軽侮の感情をもっているらしかった。正式の夫婦でないことで、どうやら一段下に見ているようだった。

　わたしはそういう考えかたに反撥《はんぱつ》するものを感じたが、それでも正彦サンをきらいになることができなかった。二人でいっしょに帰るみちみちや、高台の下のバスストップの前での立ち話、それはわたしには貴重な時間であった。正彦サンは叔父さんたちのワルクチをいい、わたしは心ならずも、相づちをうちながら、それでも二人でいるのが嬉《うれ》しかった。でも正彦サンはわたしに関心はないのかもしれない。叔父さんの家以外で、わたしとわざわざ会ってくれようとはしなかった。

「梨枝ちゃん、正彦サンを、好きなんでしょ」

と叔母さんにからかわれるのもうれしかった。うれしかったが、叔母さんにわかるくらいなら、正彦サンにもわかっているのではないかと思うと、羞恥心《しゅうちしん》よりも不安を感じてしまった。わたしは、正彦サンにきらわれはしないかと、オドオドしていた。

ジーパンに白いTシャツで、大股《おおまた》に高台への石段をあがってくる、長身の正彦サン。その背後には、まるで地中海のように青い海がひろがっている。その裾《すそ》に、神戸の町がキラキラしている。そして、ひなげしの花の赤が風にゆらいでいる。わたしはそういう光景を見ると、正彦サンが好きで胸しめつけられる思いがした。正彦サンは用事だけ伝えると、

「ごはん食べていきなさいな」

という叔母さんの手をふりきって帰るのであった。わたしはいつもいつも一緒に帰るわけではなかった。ほんの少しの時間、――お茶いっぱい飲むあいだとか、門まで

送っての立ち話とかを交すだけであった。(與謝野晶子の歌の話もそのときに交したのである)

正彦サンは、叔父さんを好きでないため、わたしも好きでないのかもしれない。正彦サンが「水商売」といった口吻《こうふん》には、あきらかに、「健全な市民とちがう」という差別観が匂《にお》っていた。それは、わたしの親類や正彦サンの親類と同じような見方だった。叔母さんはあんなに一生けんめいに、バー「シオリ」でしごとをしているのに。

それでもわたしは、正彦サンをきらいになることができなかった。

「いい年して、ベタベタして、いやらしいよな、あの二人」

と正彦サンは口をゆがめていい、わたしはちょっぴり良心の呵責《かしやく》を感じながら、

「ええ、ほんとに」といった。

よく晴れたある日曜日、わたしは高台の石段を登っていった。今日もどうぞ正彦サンがきますように、と願いながら。

門から庭へまわって台所からはいろうとすると、居間の窓があいていて、叔父さんたちの姿がみえた。

叔父さんは泣いており、それも子供のように両掌《りょうて》を顔にあてて泣きじゃくっていた。

叔母さんはそんな叔父さんを胸にしっかと抱きしめて、背中を撫《な》で慰さめていた。

「心配しないで。あたしもあとからすぐいくわよ。二人一しょよ。怖がらないで」

「ほんとかい。あてにならないよ」

叔父さんは泣き笑いした。

何だか、ベッドシーンをのぞきこむ以上にわるいことをした気がした。

いそいで、そーっと玄関へまわり、あらためて、ごめん下さい、と声をかけたら、叔母さんが、涙声で返事した。

わたしは悪いところへ来たように思って、しばらく台所でうろうろして時をかせいでいた。居間へいってみると、叔父さんはもう仕事部屋へはいったとみえていなかった。

叔母さんは、涙をふいていた。

「どうかしたの？」

「いいえ。どうもしないわ」

叔母さんは、むりに笑おうとした。昼間見ると、皺《しわ》だらけで、眼のまわりのおちくぼんだ叔母さんは、醜いというより、グロテスクな感じであった。

仕事部屋からは叔父さんの、ハナをかむ大きな音がきこえた。

中年の男と女が、抱き合って泣くほど、どんな悲しいことがあるのだろう！　と、わたしは好奇心を感じると共に、いつまでも、べたべたとした叔母さんたち二人に、正彦サンのいうみたいな、「いい年をしていやらしいな」という気もした。それは春先のことであった。


ひなげしの咲く前に、叔父さんは入院した。

たった七十日の入院で、叔父さんは死んだ。

ガンである。

危篤《きとく》だというので、わたしと母とが病院へかけつけた。正彦サンのところからはお父さんと、ほかに身内が二、三人来ていた。正彦サンは司法試験があるので来ていなかった。

わたしたちがかけつけたときは、叔父さんはもう、死んでいた。

すっかり人相がかわって、びっくりするくらい、小さくかじかんでしまっていた。

いつもねむそうな眼をした、やさしい微笑を浮べた叔父さんではなく、そこにいるのは、きたならしい顔色をした、ヒゲだらけの、むさくるしいルンペンのようであった。

しかし叔母さんは、そんな変貌《へんぼう》した叔父さんにとりすがり、その頬をやさしく撫でて泣いていた。わたしも母も、声をあげて泣いた。

身内の人たちのあいだで、そのとき、さざめきがおきた。叔父さんのおくさんと子供たちがかけつけたというのだ。人々は、叔母さんとのあいだにトラブルがおこるのをおそれていた。

叔母さんは立ちあがって、

「あの、あたしちょっと家へ帰ってきます。持ってくるものもありますし……」

と、しっかりした声でいった。そうして、人々にお辞儀して、病室を出ていった。

みんなは安心して、叔父さんのおくさんを呼び入れた。

わたしと母は、お通夜《つや》の相談もあるので、病院の玄関で叔母さんを待っていた。

いつまでたっても、叔母さんは帰らなかった。叔母さんはひなげしの家で、首を吊《つ》って死んでいた。

わたしは今になって思うのだ。「二人一しょよ、こわがらないで」と叔母さんがいったのは、叔父さんが死ねばあとから死ぬわよ、ということだったのだ。叔父さんはあのとき、死病だと、もうわかっていたのだろう。

そうしてまた、思う。

年を重ねた人の恋も、晶子のひなげし《コクリコ》の恋のように、いちずで烈《はげ》しいものかもしれないって。

正彦サンとは、逢《あ》うこともなくなってしまった。わたしは生涯のうち、いくつになってもいいから、双方から愛し愛される恋にめぐりあいたいと思っている。片思いの恋や、条件つきの結婚でなく。そんな恋は、もしかしたら叔母さんみたいに、四十や五十になってから、やっと訪れるものかもしれない。「あとから行くわ」といって、ほんとに行けるような恋。

遺書もなかった。叔母さんは、いさぎよかった。

ひなげしの家は、いまは人手に渡った。

愛の罐《かん》詰《づめ》

なぜ、こうも越後《えちご》先生が好きなのか、私自身わからなかった。

越後先生は美青年というのではない。

どっちかというとモッサリして、体もずんぐりした、やや鈍重な手足のうごきである。

大腿部《だいたいぶ》がよく張った感じで、坐《すわ》りのよさそうな、いうならガニマタなのである。私は、柔道をやる人はガニマタになりやすいと聞いたことがあったので、いつか先生に、

「先生は柔道をおやりになるのですか？」

と聞いたことがあった。

「いいや。なぜ？」

先生は驚いたように聞き返した。

「いえ、べつに……」

私は口を噤《つぐ》んだが、でも、先生のガニマタみたいな、ドスンドスンとした歩きかたも、好きだなあ、とひそかに思っていた。

越後先生は、国語の先生である。

私は、この高校の学校図書館の司書である。

図書部の先生は、松井先生といって中年の社会科の男の先生である。よく怒る先生だが、仕事をまじめにやっていれば、こわい先生ではない。もう一人、徳田先生という書道の先生もいて、この先生は図書室によく詰めているが、気さくなのんびりやの先生なので、私は気らくだった。

図書委員の生徒の大波《おおなみ》美佐子や、前田雅夫、中谷《なかや》篤史《あつし》なども、いい子たちだし……。

田園都市のT市は、半分住宅街、半分農村で、生徒たちは、わりにおっとりしている。県立高校は入学がむつかしいが、この市立高校はそれほどでもない。以前は町なかにあったが、いまは山ぎわに移転して、緑も多く空気もよかった。

新築のクリーム色の校舎は、新緑の中に洗われたように美しくみえ、バス停留所からは少し遠いが、ぶらぶら歩く道も、大きい邸宅が並んでいて楽しいのだった。

朝、すこし遅刻気味でせっせと歩いていると、

「せんせーい」

とうしろから男の生徒が呼ぶ。(司書の私は「せんせい」とよばれている。事務室の富永ミキたちは「富永サン」であるが。私は二十一で、生徒たちとあんまり年齢がちがわないのに、せんせい、と呼ばれるのは、いつまでも気恥かしい)

自転車通学の子が叫んでいるのだ。

「うしろへ乗せたげるよ、遅れるよ」

「そお？　ありがとう」

「すこし焦《あせ》ろう」

といって、男の子は私を乗せて走ってくれる。

お昼に、徳田先生がオカズのコロッケを、ガスコンロであぶって暖めて下さいというので、やってたら、図書委員の子がのぞいて、

「校長先生が呼んではるよ」

というので、行ってみると、校長はるす、急いで戻ると、徳田先生のコロッケがなくなってたりして、おかしかった。

学校というところも、先生はいろいろ苦労や責任があるし、事務室はたいへん忙しい。(とくに試験のときなど)でも、学校図書館の司書というのは、人目に立たないところで、快適な職場なのであった。私はそんなわけでご機嫌で勤めていた。いや、

越後先生に会うまでは……。

越後先生は去年赴任してきた。その前は、市のまん中の高校にいたそうである。独身で、隣りの町のアパートに住んでいる。

夏も冬も、青い無地の背広一着である。冬はその上に、あまりきれいでないレインコートを羽織っている。

髪を短かく刈って、油気のない髪なので、それが、ばさばさと額にたれてくる。

眼は小《ち》っこく、黒々として、力のある澄んだ眼である。

笑うと、人なつこい感じで、男らしくていい。アダナはジャガイモである。ほんとに巧《うま》くつけてる。地味な先生なので目立たない。文芸部の顧問をしているが、そこの子にきいても、

「うん、ええよ、わりに」

というだけで、積極的な心酔者はいないみたい。

むしろ校内の人気者の先生は、英語の春日《かすが》先生とか、数学の矢田部《やたべ》先生といった、ちょいと男前だとか、教え方が思いきって斬新《ざんしん》だとか、補習に熱心だとか、ともかく目立つ先生である。

越後先生はボサーッとしてるせいか、目立たない。

口かずも多くない。暖かい感じであるが、陽気ではない。むしろ暗いほうである。どこが好きともいえず、私はひとめ見たときから、好きになった。ひとめ惚《ぼ》れというのは、こういうのをいうのだろうか。

だんだん、見るたびに好もしくなる。先生が、

「『十六夜《いざよい》日記』の注釈書、ありますか?」

と図書館へ来たりすると、私は、

「ハイッ!」

と、勇みたって、りんりんとした声が出てしまう。先生は本が好きなようであった。

「先生、こんな本が入りました」

と見せにいったり、廊下で会うと、

「今度、こうこういう本が入ってます」

といってあげる。

先生はうれしそうに、

「そうか、ほう」

といって、図書館へやってくる。

徳田先生とひとこと、ふたこと話したりして、本を立ったまま見る。

図書委員の大波美佐子に、

「越後先生の評判、いいの？」

と聞いたら、

「どうして？」

といわれてしまった。

「何かあったの？　あのジャガイモ」

つまり、それくらい、何の特徴もない先生だ、ということかもしれない。

でも大波美佐子は、

「あの先生、点が甘いからわりとみんなには人気あるみたい」

といっていた。「最も適当と思われるものに○をつけよ」という問題、ＡＢＣなどとあると、たいていそのうち、二つくらいまで許容範囲を拡《ひろ》げるらしい。どれか一つ、というように答えを絞らないそうである。寛大なのだ。

いつだか体育館の二階でかくれて酒を飲んでいた生徒を見つけて、越後先生は叱《しか》るかわりに、

「おい、もうあとは、明日にせえ」

といったそうである。先生は、松井先生のように、あたまごなしにどなったり、矢

田部先生のように、そのときは見ぬふりをして、あとで職員会議で問題にする、ということはしないようであった。この話は図書委員の中谷篤史が私に教えてくれたのである。

私は越後先生の名が、生徒たちや先生の間で出るたびに耳をそばだてた。しまいに、イチゴといわれても越後ときこえるようになった。

この図書館は、事務室と離れているが、おひる時間や、帰りは、事務の人々と一緒になる。職員室へ入る用事もあるので、越後先生をたえず見ることができた。

毎日、遠くから見て楽しんでいた。先生の、ドスンドスンとした歩きかたは、うしろから見ていて、なつかしく物悲しかった。

私が勝手に想像するのかもしれないけれど、先生は淋《さび》しそうな人にみえる。

富永ミキには黙っていようと思ったが、私はつい、いってしまった。

「越後先生、ええわァ……」

ミキは、私がいい、という男の人は、すぐ自分も好きになったり、先くぐりして交際をはじめたりする、油断のならない女である。

私はミキなんか、ちっとも信用してなかった。

ミキは意地わるでつき合いにくい、気心の知れない子で、私は彼女とつき合うたびに、いつも舌にざらざらと砂の残るような思いを味わわされるのだった。

私があたらしい服を着ていった朝など、ミキは大きな声で、

「どないしたん、あんたのそのウエスト。ゆうべ、ごはん食べすぎたんちゃう？　いやに太うみえるわ。それとも、その服のせいかな」

なんていうのであった。そうやって遠まわしに服のワルクチをいってるのである。そのくせ、男には打って変ってやさしい物言いをし、濃い化粧をして、毛深い足や手に脱毛剤を塗ってツルツルにしていた。

市の有力者の姪《めい》ということで、そのつてで学校へ勤めたのだが、校長も教頭も、すこしミキに遠慮しているという噂《うわさ》だった。

保健室の女の子も、そのほか事務室にいる女の子も、みんなミキをきらっていた。

男の先生には、ミキは受けがよいようである。しおらしげな、やさしい声を出すからだろう。

女同士のつきあいのふしぎさは、そんなにきらっていながら、一見、仲よさそうに、ミキとペチャクチャしゃべってる子が多いことである。そうして陰ではミキのワルク

チをいっていた。ミキの前では、またホカの子のワルクチをいってるのかもしれない。

私はそんな煩雑《はんざつ》でうっとうしい女の子づきあいを遠ざけていたが、根が甘ちゃんなので、ミキが、さも親しげに身をすりよせて、

「ねえ、知ってる？　春日先生、こんど養子にいかはんねんて」

などと耳うちされると、

「そう。どんな人、相手の人は？」

といってしまったりする。

また、ミキがしょげて、

「○○先生に叱られたわよ」

などといってくると、つい、女同士の連帯感で、仲間うちの秘密めかしい雰囲気《ふんいき》に釣られ、

「あの先生って、いやあねえ」

といってしまう。ミキは、それをホカで言いふらし、私はひどい目にあったことがあった。

もう卒業した図書委員の、守谷《もりや》くん、という子が私は好きであった。守谷くんはよく働いてくれて、私は助かった。気のいい、さっぱりした子で、男らしく、親切であ

る。私は守谷くんにお茶を奢《おご》ってあげたり、映画を見にいったり、した。私が守谷くんと仲よしだと知るとミキはすぐさま、守谷くんに注目して、守谷くんに近づこうとした。

「あの子、工大にいくんやて、ねえ」

とか、

「お父さんはウチの伯父さんの知り合いよ。選挙のときも、応援してくれはるらしいわ」

と、自慢の「有力者」の伯父さんをすぐ持ち出すのであった。そして私よりも、守谷くんに関する情報をたくさん持っていることを誇ろうとした。

要するに、ものすごい負けずぎらいの、ひがみ屋なのである。私に、知ったかぶりして教え、反応を見てよろこんでいる所があった。

私は、富永ミキの性質をようく知っていたので、越後先生のことも、ミキに悟られないようにしていた。

だのに、そういう大切なことに限って、人間は、ふっと、手から水を洩《も》らすように洩らしてしまう。

そうして、いったん洩れると、もう、すくい上げられない。

そのとき、ミキとどんな雰囲気でいたのか、おもいだせない。ミキはまた、いつものことで、身をすり寄せるように、親しい女友達という、ねばついた友情をふりまいていたのかもしれない。

あとで思うに、ミキはほんとうの友達がいなくて寂しかったのではないか。自分でも、策略と陰謀の多い自身の性格を、ようく知っており、それで、女の子の仲間からほんとうに心を許してつき合ってもらえないことも、うすうす気付いている。時々、それが不安になって、猫が体をこすりつけてくるように、人に寄り添ってくる。

そういう気持のうごきに、私が反応して、つい心を許して本音を吐いてしまう。何べんも裏切られて、懲《こ》りているはずなのに、一瞬の反応で、お人好《ひとよ》しにも、本音のつきあいをしてしまうのであった。

ミキは、越後先生の名を聞いて、一瞬、面くらって、きょとん、とした。そして、

「あれ、ジャガイモいうアダナよ」

「知ってるわ」

「あのジャガイモがいいの？　へー」

ミキは私の顔をのぞくようにして、

「あたしら、春日先生や矢田部先生の方がずっとええけどな。あんなシケたジャガイモのどこがええのん？」

「どこがって、そんなこと分らへん。ともかく、好きよ」

「へー。人は好き好きねえ」

「内緒よ」

「もちろんやないの。けど、そういうたら越後先生、朴訥《ぼくとつ》で男らしい感じはあるわなあ」

「そうよ。そこよ」

「校長や教頭にゴマすることもせえへんし、生徒にお上手もせえへんし」

「そうよ、そこよ」

私は、自戒も忘れて、ミキを、理解者のように思った。そうして、

「レインコート着てるうしろ姿なんか、男の物悲しさみたいなもんがあって、ええわァ」

「フーン。そんなもんかなあ。ようし、これから注意してみよ」

とミキは愉快そうにいった。

「越後先生は、まじめやけど、クソまじめというのでもないのよ」

私は、しゃべり出すととまらないのである。そんな気がする

「まじめのあほらしさと物悲しさを、ようく知ったまじめ、なの。そんな気がするわ」

冗談をいうのでもないが、生徒たちがおかしいことをいうと、越後先生は、よく笑った。

「ユーモアがあるけど、それはじっくり抑《おさ》えた、いぶし銀のようなユーモアなのよ」

「へえ。そういうもんなの」

ミキはことごとく感心していた。

言ってしまったあとで、私はすこし後悔した。

選《よ》りにもよってミキみたいな子にぶちまけてしまったことも、だけれど、何より、自分だけで、たいせつにしていた宝物を、公開したような気がした。

越後先生のよさは、私でないとわからない、というような、ひそかな自負があったのに……。

でも、嬉《うれ》しいことに、そのころ、私と越後先生は、私鉄の、同じ駅で下りることになった。越後先生は、私の住んでる町に下宿したのだ。

「めしを作るのが面倒になってね。前のアパートは学校まで近うて、勤めるには便利

やったけど、スーパーは遠いし、風呂《ふろ》は遠いし」

などと、ぽつぽつと、越後先生はしゃべった。

私たちは、駅から二百メートルばかり、まだ同じ方向にあるく。

ときによると、

「コーヒー飲もか？」

と駅前で、コーヒーを奢ってもらうことがあった。でも特別の話はなくて、この前、図書館の参考書を数ページ切って、カンニングしようとしてみつかった生徒の話とか、下級生をなぐって鼻血を出させた生徒のこと、お風呂屋ののれんを盗んで、職員室の入口に、

「女湯
男湯」

とかけた生徒のいたずらとか——学校の話ばかりだった。

先生は愉快そうによくしゃべった。立板に水、というのではないけど、モチモチしたしゃべりかたながら、さすがに男の話なので簡潔で、要領よく、目にみるようにしゃべるのだった。

先生が口少なだなんて、今までどうしてそう思ってたのだろう。

「いや。僕も、ふしぎやねん」

先生はたのしそうに煙草《たばこ》をふかした。

「遠田《おんだ》サンの前やと、口が軽うなるねん。これ、何でかな」

「あたし、聞き上手なのかな」

「そうかもしれへん」

と先生はいったが、私は、心の中で、ちがう、と思っていた。越後先生が好きだから、そのさざ波が先生の心の中に波をよびおこし、愉快な気分をさそい出すのにちがいない。

人間は、お義理でたのしそうにできない。

いや、強いてしても、そのうちには、ナマ身の人間だから、うそをついているのがわかってしまう。ほんとうに心から、その人の前にいて楽しいと思えば、きっと相手にもその思いが届くのだ。そうだ、それにちがいない。

先生は、おそくなるときは、家まで送ってくれた。

「夏休みはどうしはりますか？」

と私が聞いたら、

「補習が二週間あるから、どこへも行かれへん。下宿の二階でビール飲んでるのが関の山やな。暑い夏のすごし方、何ぞありませんか」

「映画館で昼寝が一ばんいい避暑です」

「ほんまや」

と先生は笑う。

私は先生を笑わせようと努力していた。私は、先生に、私の恋を知られたくなかった。いつも楽しい愉快な仲にしておきたかった。

お盆がきて、町には大きい盆踊りが催された。

私は早くに風呂へ入り、浴衣《ゆかた》を着て、先生の家へいってみた。先生は二階から、ランニングとズボン姿でのぞき、

「やあ見違えたよ。きれいな浴衣姿で」

といって出て来た。テレビを見ながらビールを飲んでいたそうである。私はいった。

「盆踊り、見にいきませんか？」

「あんた、踊るの？」

「いやァ、よう踊らんわ。恥かして」

「踊らへんと、見てるだけやったらしようがないよ」

「前田くんがこの町の子やから、踊ってるかもしれません。先生、踊らはる？」

「僕、暑い。飲んでるよって、よけい暑い。自然公園へ涼みにいこか」

「あそこ、お墓の裏手やから怖いです」

「なにいうてんねん。灯がついてて明るいから大丈夫。それに、僕もおるがな」

先生が、こんなことというなんて珍らしい。

私は浮々した。自然公園は、池や野原を、自然の姿のまま残そうというので、市が管理している公園である。私たちは、虫の音のすずしげな公園に入っていった。ほんとうに、水銀灯がいっぱいついていて、親子づれで涼みにきている人もあって、怖くはなかったが、

「アベック襲われる、なんていうニュースがよくありますから」

と私は、冗談をいった。

「先生、そんなことになったら守ってくれはる？　あたしを」

「当り前です。死を賭《と》して守るがな」

と先生はふざけて、

「なんでやろな——あんたとしゃべってたら、すぐ、こうなってしまう。僕、こんなにしゃべることはめったにないのにな」

「アルコールのせいでしょう」

「いや、遠田サンのせいやな。あんた、ほんとに陽気でええ子や。あんたやったら、誰を相棒にもってきても、その日からすぐ漫才できるやろな。アハハハ」

と先生は笑っていた。

先生、漫才の相棒なんていわないで下さい。

先生が好きやから弾むんです。ちがいますか。私はそう言いたかったけど、黙っていた。

そうして先生が、私を陽気な子だと思ってるなら、そう見えるようにしようと思ったりした。

秋、先生がレインコートを着るようになったころ、先生とミキが結婚するらしい、という噂《うわさ》を、保健室の女の子が聞きこんできた。

女の子はみんなびっくりしていた。

「越後先生て、そういえば、ええとこあるかもわからへん」

と、今になってさわいでる子もいるのである。

「私、春日先生なんかより、ずっと好きやわ」

と昂奮《こうふん》してる子もいた。

「やっぱり、ミキは目のつけどころ早いなあ——。ミキは越後先生に、ものすごう迫ったらしいよ」

「フーン。何て」

「レインコート着てるうしろ姿なんか、男の物悲しさみたいなもんがあってええわァ、って」

「刑事コロンボやあるまいし」

私がいうと、みんな笑ったが、その女の子はなおもつづけて、

「越後先生はまじめやけど、クソまじめではないんや、て。まじめのあほらしさと物悲しさを、ようく知ったまじめ、なんやて」

「むつかしいのねえ」と私はいった。

「富永さんて、あんがい、モノをようく見てるのねえ。浅薄な子や、思うてたけど」

と、も一人の子が感心した。

「いぶし銀のようなユーモアとかさ、いろいろ並べてたわよ。いま、もう越後先生に夢中みたいよ。歩き方まで好きですってさ」

「いぶし銀、かァ」

と誰かが感無量にいい、

「越後先生というのは、そういえばそうねえ、ちょっといかすなあ。富永さんにして

やられた感じ、するなァ」

私は図書館へ帰ったが、本のラベルを書きこんでいて、失敗ばかりだった。何も考えられず、どうしていいか、分らなかった。

富永ミキは、冬になる前に、辞めた。

「結婚式は来年だけど、何やかや、いそがしくて」

ミキは嬉しそうであるが、この女の子は笑うと、小狡《こずる》そうな皺《しわ》が、鼻のあたまにでき、決して感じはよくないのである。

「あんた、レインコートのうしろ姿なんか、よく注意してんのねえ」

と私は皮肉をいった。

「注意してる人は多いやろうけどさ、何といっても、フィーリングよォ、これが合わな、どうしようもないでしょ」

ミキは、ふふん！　という顔であった。私は、分厚い堅い本をミキに投げつけてやったら、どんなに気がせいせいするかなァと思っていた。

図書館へ来た越後先生は、いつもとちっとも変らず、ばさばさの髪を額に垂らして、書棚から本を抜き出して読んでいた。ミキなんかと結婚すると聞いてから、越後先生への私の興味は、かなり薄れていたが、やっぱり、なつかしいものにはちがいなかった。

私は、本を調べるふりをして先生のそばへいき、

「先生、結婚しはるってほんと?」

と聞いたら、先生はにこにこして、

「いや。誰がそんなこと、いうてた? まだしませんよ。相手おらへん。遠田サンさがしてエな。一人でええから」

と笑った。それは漫才コンビにいうようなしたしみだった。

私は、先生の漫才コンビとして、やっと、先生のしたしみを獲得することができたのである。なぜわかったかというと、先生は次の年の春には結婚したからだ。

いま、越後先生は、この学校にいない。べつの、私立校にうつった。

何年かして映画館で、先生とミキに会ったことがある。はじめに私と先生がばったり会った。狭い通路である。

「やァ……」

先生はなつかしそうで、私にしゃべりかけたそうであった。とても老《ふ》けて、じじむ

さく世帯《しょたい》くさくなって、いい中年になっていた。

と、あとから来た、これも老けたミキが私に気付き、ちょっと驚いた表情であたまを下げ、すぐ、先生をひったてて、前の席へいった。先生は心を残しながら引き立てられていった。

それをみるとどうも、あんまり幸福ではない、先生の結婚生活が思われた。先生の顔は私にはやはり、どきっとする、なつかしい切ないものをもたらしたが、むろん、あの昔の、純粋な結晶のような思いとは質がちがう。あの恋は、私の心の中では、愛の罐詰にされていた。

しかし、それは、空気の罐詰といっしょで、あけてみても、何も見えず、何の音もしないものかもしれなかった。ただ何かが詰っている、そしてそれは罐詰になっている、ということしか、わからないのだった。

ちさという女

秋本ちさは、私の課の名物女だった。

ちさは三十二で、課の女の子の中での最古参である。

仕事はよくできて、頼もしく、女親分のようなところがあった。声が大きくてあけっぴろげで、部屋の中でも電話口でも遠慮なく、

「アハアハ……」

と笑った。

声が大きい、といま私はいったけど、ちさの口も大きかった。

いや、鼻の穴とか、顔全体、それに手も足も、お臀《しり》も大きかった。胴まわりもゆったりとしていて、背も百六十センチあったから、どっしりした感じであった。

それは全く、若い女の子の中におくと、

「オバサン」

という感じを与えた。

ほかの課にも三十すぎた女子社員はたくさんいたが、そんな感じを与える人は一人もなかった。三十を越したハイ・ミスはみな、すらりと粋《いき》で、ちょっとばかし皮肉で、適度に意地わるで、神秘的で、美しかった。

しかし、ちさには神秘的なところも粋なところもなかった。醜女《しこめ》としかいいようない。

がらがら声でモノをいい、どすんどすんと踵《かかと》の低い靴をひきずって歩き、課長の前でも平気でポケットに手をつっこんで物怯《ものお》じせずしゃべった。

課長どころか、何しろ古顔なので部長でも対等にしゃべった。

得意先の人とも、隣のオジサンにものをいうように、がらっぱちにしゃべった。

「漫才的リアリズムでしゃべりよンな」

と、工藤静夫《くどうしずお》がかげで笑っていたが、ちさはそれが好みなのか、

「へー。さよか」

とか、

「知りまへんなあ」

などという大阪弁を使うのだった。男たちは、若い子でも商売用にそういう大阪弁

を使うが、女の子で使う者はいない。女の子の言葉にはアクセントや語尾変化にわずかに大阪弁がのこっているだけで、古い落語にあるような大阪弁は死語になっていた。

それでちさが、電話口で大きな声で、

「あきまへんなあ。在庫おまへんで」

などと男のような大阪弁をしゃべっていると、よけい目立つのだった。

私はちさが、どういう効果を期待して、そんなしゃべりかたをするのか、わからなかった。

私には、そういう言葉は美しく聞こえなかった、女の場合は。

これが若い、張り切った青年で——たとえば、工藤静夫みたいな——仕事に打ちこんでいるような男なら、そういう大阪弁は、弾力あって歯切れよく、いきいきした感じで好もしく聞かれるのだけれど。

でも、ちさが使うと、何だか相手を小バカにしたようにひびくのだった。

それでも、ちさは別に小バカにしているわけではなく、仕事には熱心だった。

私は、ちさはちさなりに、自分の年齢化粧をしているのだろう、と考えた。私の思うのに、二十六、七からさきの女は、もうあるがままの自分ではやっていけなくなる。こういう女になろうと、自分に似合わしく設計して少しずつ、それに近づくように

矯《た》めたり修練したりしてゆく、それを、私はひそかに、

（年齢化粧）

とよんでいた。白粉《おしろい》や口紅の化粧だけでなく、

（どういう感じの女になるか）

というのを、いつも考えていなければいけない、と私は考えていた。私は二十七だったから、もうそろそろ、年齢化粧をはじめる心組だった。

ちさが、私と同じように考えているかどうかは知らないが、でも、私の見るところ、としがゆけばゆくほど、がらがらした風情《ふぜい》になり、男を男とも思わず冗談をいったりしゃべったりし、あけっぴろげになったのは、自分の資質にいちばんふさわしいタイプを撰択《せんたく》した結果だとしか、思えない。

三十すぎた女は、どの女も、うかうかとすごすはずはない。自分のおちつき場所を、無意識のうちに探っている。独身で年を重ねてゆくうち、女は自然に、自分の甲羅に合う穴を掘ろうとする。

優雅に、年輪を感じさせてシックな女のイメージを心がける女や、必死で若づくりして年をかくす女や、戦いを放棄したという風情で、化粧をやめてしまって、気の毒なほど額のシワや、口の両脇《りょうわき》のシワをよけい深くする女。

ちさは、むしろ防禦《ぼうぎょ》よりも攻撃に出て、目立つ「オバサン」になることで、ハイ・ミスのコンプレックスをふきとばそうとしたのかもしれない。

課の中では、二十七の私が、年齢順にいってちさの次である。あとはぐんと若く、ハタチ前後になる。

ちさは、私と連れ立っているのを好んだが、正直、私は、ちさの友情が迷惑だった。小さな黒い眼は小りこうにチロチロうごき、私のことなら何でも嗅《か》ぎまわりそうにするちさ、押つけがましい説教癖（それは女親分ふうの頼もしさと一体の、うらおもてになっていて、何か失敗でもしたときは、ちゃんとあと始末をし、かばってくれて好都合なのであるが。尤《もっと》も、私も今日《きょう》びはベテランとなり、ちさに庇《かば》われることもなくなった）、ちさの人生観、すべてきらいだったのだ。

ちさは、金銭に執着が強かった。

ＯＬをしているのは、ひまつぶしのためで、

「ぐうたらぐうたら一日出てたら、給料、くれはるねんから、ＯＬぐらいありがたいもんはあらへん」

というのだった。

ちさは、働かないでも食べていける結構な身分なのである。洋裁店や喫茶店を人にやらせたり、アパートを経営したりしていた。両親はないが、兄や姉や弟とは、遺産相続のときもめて、絶交状態になっていて、ほんとの一人ぼっちで、豪奢《ごうしゃ》なマンションに一人、住んでいた。

以前は、自分の持っているアパート（それは親から遺産として分けられたもの）の一室にいたのだが、最近、マンションを買ったのだった。私は、以前のアパートなら、いっぺん行ったことがあったけど、今度のマンションは、見たことがなかった。

時折り、ちさが自慢げに、

「本革のソファを買《こ》うてん。長年の夢やったから。イタリーもんやねんよ。ごッつい値《ね》ェやったけど、やっぱり、ホンモノはちゃうわァ。白い革なんよ」

とか、

「サイドボードも白革張りなんよ。二百万したわ。ばかばかしかったけど、何しろ、一生もんやからねえ。家具だけで一軒、家が建つくらいよ」

などというのを聞いて想像するだけだった。

ちさは、金貸しもしているらしかった。会社の人間にではなく、商売をしている人々に貸していて、半分プロの金融業のようなこともしているらしかった。

「しょうむない商売するより、タシカなとこ相手なら、金貸しが一ばん確実やよ」

と、私にささやいたことがあった。

「お金は貯《た》めときなさいよ。お金しか、たよるもん、あらへんねんから」

ちさはいつも私に、そういった。

ちさは、親切でないとはいえないのだった。

私に有利な利殖法を倦《う》まずたゆまず教えた。

株や定期の話を教え、

「わるいこと、いわへんから」

と哀訴するように、信託がどうの、公債がどうの、と教え、最後にいつも、

「心斎橋から戎橋《えびすばし》、端から端までずーっと歩いてみ。五円かて落ちてェへんねから。金いうもんは、細《こま》こう、地道に稼《かせ》がな、しようがないねんから」

と、こんこんと私に諭した。

私はちさの話を聞くたび、気が滅入《めい》った。

私は、自分なりに人生の設計をしているつもりであった。

二十五歳すぎてからは、

（いつまでも若くはないんだ。年をかさねる心がまえを持とう）

と思い、子供っぽさをぬけ出ようと考えていた。この先、何年つづくかわからない、（あるいはふっと結婚するチャンスがおとずれるかもしれないけど）独身時代を、優雅なおとなの女の季節にしようと、いろいろ考えるのが好きだった。

でも、ちさはそれを通り越して、一足とびに老いの季節を想定しているのである。

「お金の値打ちも下るかもしれへんから、土地とか宝石とかで持ってるとええねん」

とちさは示唆《しさ》するが、私は興味がなかった。

あるときなど、とても熱心に、

「水尾《みずお》さん、あんた、会社で借金しても絶対買いなさい、これは損せえへんから。——もう、めったにこんな買いもん、ないから」

と勧めるので、私は興味をもち、

「何なの、いったい……」

「金の三つ重ねの盃《さかずき》よ、純金よ！」

三つ重ねの大盃《たいはい》などを買って、どうしたらいいというのだ。

「あほやねえ。お金でおいとくより、ずーっと有利やないの、金の値打はかわらへんねんから」

とちさにいわれて、私は返事もできなかった。

私は小さなアクセサリー類が好きだった。指環《ゆびわ》——といっても、宝石や貴石のはまっているものでなく、ファッションリングというようなものと、お揃《そろ》いのイアリング、ネックレスとお揃いのブレスレット、というふうな。そんなものをいくつも貯め、楽しんだ。

ちさは、

「ムダ使いするねえ……」

と哀れむようにいった。

「そんなもんに金使わんと、ちょっと辛抱して貯めたら、小さい宝石でも買えるのに。やっぱりホンモノ買わんと、しようがないよ」

でも私は、針の先でぽっちりと突いたような小さい宝石に、何十万何百万と払うくらいなら、ひきだし一杯、好きなアクセサリー、手頃の値段のもの、奇抜なのや、愉快なのや、美しい、アクセサリーを買い集める方がたのしかった。私は人生をたのしみたかった。

ちさは、洋裁店を人にやらせている関係で、既製服も、いろんな卸問屋を知っていて、安く買うのが巧みだった。

私をも、そこへ誘ってくれるのだが、安いかもしれないけど、倉庫の中へ案内され、あわただしくえらんで、

「すみませんねえ、どうもどうも」

とあやまりつつわけてもらう、袖《そで》が長いとか裾《すそ》が長いとか思っても、

「そんなん、家で自分で直せるやないの、こんな服が、こんなに安う、手に入るのん、めったにないよ」

とちさに叱《しか》られ、恩に着せられるので、買物のたのしみは、殆《ほと》んどなかった。

私は、ちさにどんなにすすめられても、「安く買える卸問屋」は敬遠するようになった。

ちさは、もちまえのがらっぱちと、人なつこい、初対面の人にもうちとける図々《ずうずう》しさとで、あらゆる方面に、「安く買える卸問屋」を持っていた。

ハンドバッグにしろ、家具店にしろ、電気製品にしろ、化粧品店にしろ。

この化粧品屋さんは、ちさの親類の人だったが、サンプルの小瓶《こびん》や、売出しの景品を、ちさはどっさり貰《もら》ってきて、

「かつて化粧品なんか、買ったことがない」

というのが、ちさの自慢の一つだった。

ちさと私は、仲よしのように会社では見られているが、私のほうでは、ちさが重荷だった。

ちさは、私を友達と思っているかもしれないが、私はもう何年もつき合って、ちさにうんざりしはじめていた。ちさにもいい所はあるが、あんまりおカネおカネというのが、私の反撥《はんぱつ》を買った。

「おカネなんか、べつになくてもいい。おカネはなくても、人生は楽しめるわよ」

と私がいうと、

「あかんなあ。金が無《の》うては年とって誰も寄りつかへんで。金があればこそ、シシバの世話も、人はしてくれるねん」

といい、夢もロマンもなく、まだ三十はじめだというのに、老人ホームへ入ったときのことばっかり、いっていた。

「そないいうけど、じっきに、そのトシになるんやから」

ちさは勝ち誇ったようにいった。

会社の男たちが、ちさに呆《あき》れながら、すこし畏敬《いけい》しているのは、ちさが資産を持っているのをうすうす知ってのことらしかった。

「男の人って、おカネもってる、というだけで尊敬するのね」

と私は、静夫にいったことがある。

「尊敬する、というよか、関心はあるやろなあ。男で、金はいらん、という奴《やつ》はないから、どないしたら金が殖えるか、ということをいつも考えてる。それに成功した、という奴があれば、男でも女でも、注目するやろうなあ」

「工藤サンも？」

「オレなんか、麻雀《マージャン》でも競馬でも、儲《もう》けたこと、ないよってね。注目する、いうよか、うらやましなあ」

「あら、そんなら秋本さんと結婚すれば？」

「悪い冗談はよして下さい。目の前が一瞬まっくらになった」

と静夫はいい、二人で笑った。

「しかし、うまいこと、いかんもんですなあ。ヒロちゃんに、秋本さんの金もうけの才能を足せば、いうことないんやけどなあ」

と静夫は、私の髪を、くしゃくしゃにしてはだかの脇《わき》の下に抱え、笑いながら私の鼻のあたまにキスした。

私と、工藤静夫は、誰も知らないが、一年ほどつづいている仲である。静夫は私より一つ下である。

どちらも親の家にいるので、会うのは、小さな、町のホテルだった。暑いときや寒いとき、せっかく快適な室内から出ていくのはおっくうで、

「朝までいっぺん、このまま寝てみたいなあ」

と言い合うのである。

「一緒に暮らそうか？」

と静夫はいうことがある。

「僕も、ボチボチ、親爺《おやじ》の家、出とうなったし、なあ。アパートでも借りたら、ヒロちゃん、僕のそばに来てくれる？」

「ずーっと？　それとも、時々？」

「それはずーっとの方がいいですよ」

結婚、というコトバはどっちも、用心して出さない。

それよりも、一緒にいて、だんだん好もしさがまさってくる、それを口に出さずお互いに察し合ってるというか、

（あ。こいつ。あたしにマイってるな）

（オレにいかれてるらしい）

などと考えるのが好もしかった。一緒にいて、どちらも黙っててもちっとも困らず、

どちらも沈黙の責任をとらなくてもよい、そのことに気付くと、いっそう静夫が好きになるのだった。

うまくもちこたえていけば、このまま結婚にすべりこむことができるかもしれない、同棲《どうせい》から結婚へ、不自然でなく滑っていけそうなものが感じられて、私は嬉《うれ》しいのだった。

――でも、一面、警戒もしていた。

静夫が、今になっても「結婚しよう」といい出さないので、そういうことにこだわらないつもりでいながら、まだどこか、静夫を信じ切れないものがあるのだった。むろん、私たちは会社でも用心して気取《けど》られないようにしていた。私は静夫に見とれたり、とくべつな口のきき方をしたりするほどのウブな女ではなかった。

知らぬ顔をしていたけれども、でも、めざとく彼を見ていた。彼がきれいに散髪してきた朝なんか（ウチの会社では、男子社員の長髪と、女子社員の髪を染めることは許されていないから）私はすばやく彼の美しい頸《くび》すじを見ていた。

彼は頸すじに小さい黒子《ほくろ》がある。それは、星のようにみえた。すっきりした生えぎわで、漆黒の髪だった。

私一人の顔を鏡に映していて、私自身も、美しいなあ、と思うときがあった。眼がキラキラして金色に光って、髪は波打っていた。肌が白くなり、白粉《おしろい》はよくのって、しっとりしているのだった。私は自分でも綺麗《きれい》だと思うようになった。

静夫がいるからだ。彼に愛されてるからだ。

課の女の子はみな若いので、自分自身のことばかり考え、ヒトのことに注意を払う子はいなかった。

秋本ちさは、私の動静に敏感であるが、大体、人をホメることのない女なので、じろじろ見ても、けなしこそするが、

「あんた、このごろ、綺麗になったわね。どうしたの？」

なんていわないのであった。

じろじろ見るといえば課長もだが、課長は実直な男なので、冗談もいわない。

綺麗になったよ、とほめてくれるのは静夫だけなのだった。

静夫が私にとって大切になったのでよけい、ちさがうっとうしくなったのかもしれない。

あるとき、静夫と一泊の旅をするために、有給休暇を土曜に取ったことがあった。

静夫は出張のかえりに当っていたので、そろって休んで、人に目立つということはなかった。私たちはいつも通り慎重に人目を忍んでいた。

私ひとり土曜日に高山へたち、東京から来た静夫とおち合った。飛騨《ひだ》の高山で、私たちはいちばん上等の宿へ泊った。それも楽しかった。

私はちさと旅行をすることが時々、あった。

ちさの唯一《ゆいいつ》の趣味は旅なのである。

しかし泊るところは必らず、知り合いのツテを求めて会社の保養所だとか、寮だとか、空き別荘なのであった。

「どうせ寝るだけやのに」

というのがちさの意見で、

「旅館ぐらい、ぼるとこあらへん」

といって、ヨソの会社の保養所を悠々とたのしみ、ステンレスパイプとビニール布の椅子《いす》に坐《すわ》ってセルフサービスの料理をおいしそうにたべるのだった。名所遊覧バスを乗りつぎ、あるいはヒッチハイクして駅へ送られたりする。ちさは、帰りの車中、いかに安上りについたかを夢中で計算し、

「×円もうかった！」

と有頂天《うちょうてん》だった。

静夫と、はじめて旅をして、その楽しさとちさとの旅をくらべるのは、酷薄という

ものである。

しかし、静夫と二人で、通された宿の部屋の、障子の骨まで春慶塗《しゅんけいぬ》りであったり、典雅な家のたたずまい、次々とはこばれる素朴な料理など味わっていると、身も心も、贅沢《ぜいたく》の香気に酔い痴《し》れてゆくようだった。

「気の毒ねえ……」

と私はつい、いった。

「あんなにお金をもうけて何がたのしいのかしら？　あたしは、工藤サンがいれば何もいらへんけどな」

「ヒロちゃん、結婚しても、工藤サン工藤サン、いうのか？」

静夫は、おかしそうに煙草《たばこ》の灰をおとしながらいった。

「結婚？」

私はきょとん、とした。

「本気？」

「ああ。もうコソコソしてんの、面倒でなあ——善はいそげ、秋にしようか」

「そんなに急に。式場なんか、もういっぱいよ……」

「そんなら、式はあとまわし、先に新婚旅行してるから、ええやないか。明日はゆっくり、高山で遊ぼうな」

私は静夫の首にかじりついた。

べつに結婚しなくっても、こんなに仲よくしていられれば、それだけで私は嬉しいのだった。でも本当をいえば、やっぱり、結婚したいのである。

次の次の日曜、静夫は、私の家へくる、といった。それまでに、どちらも、両親に話をしておこう、ということになった。

生涯で、いちばん嬉しい夜になった。

結婚式の晩だって、これほど嬉しくはないんじゃないかしら。

思いがけなかったから……。

「なんでそんなに嬉しいの?」

と静夫はいった。

「そんなら今まで、僕と会《お》うてるとき、嬉しくなかったの?」

「そんなことはないけど」

やっぱり、結婚する、とはっきりきまったら、今までとはちがう。これからは、いつまでも、

「こうしていられるんやもの……」

早い秋の、飛騨の夜はうそ寒かった。暗い町へ出て、町角で二人で、みたらし団子をたべ、土産物屋へはいって、春慶塗りのお箸《はし》を二膳《ぜん》買った。

そのとき、何ということなく私は、秋本ちさのことを思い出した。(こんな人生の最高のたのしみを知らずに、お金もうけだけして一生終るなんて……)という、しみじみした感懐があった。それは優越感をふくんでいたかもしれない。

それからは、ちさを見ると、何だか、あわれにみえてならなかった。アハアハという、人もなげな笑いも、腕組みしてしゃべっている恰好《かっこう》も、何だか、気の毒であった。

私はもう、ちさが口すっぱくすすめる利殖の話に、露骨に不快そうにしてみせた。(あんたとちがうわよ。——あたしは一人で老後の心配をしなくても、ちゃーんと、二人で生きていくんですからね)

という思い上った気持があるのだった。

私は静夫との仲を、そう神経質にかくさなくなった。でも、大っぴらに発表したわけではないので、自分からは言いふらしたりしなかった。

それでもちさの鋭い眼には、異様に映ったとみえて、

「あんた、工藤サンとあやしいの?」

というような聞き方をした。

そのとたん、私には、彼女のことがはじめてわかった。彼女を形容する言葉はただ一語、

「下品」

ということのように思われた。

「さあ。どうかな」

と私はいい、ちさをからかいたくなった。

「でも、工藤サンは、秋本さんが好きやって。尊敬するっていってたわよ」

「阿呆《あほ》なこと、いいなさんな」

とちさは狼狽《ろうばい》して、常になく、まぶしそうな顔をした。

一週間ほどたって静夫の誕生日だった。静夫は、帰りがけ私をよんで、妙な顔で、

「こんなもん、貰《もら》ったよ。どうしよう」

と、見せるのだ。直径三十センチくらいの大きなバースデイケーキだった。ローソクが五つ六つ、パラパラとつき、デコレーションは何か貧弱な感じで、ローマ字で静夫の名が入っているのだった。まるで幼児のためのもののようで、私は笑い出してしまった。

「笑うなよ。弱ったよ。秋本さんがくれたんや。困ったよ」

静夫はほんとに当惑していた。

「だしぬけにこんなものくれて、びっくりさせられるよ。あげる、あげるっていうんや。どういうつもりやろ？……家へもって帰っても笑われるし、なあ。『SHIZUO』なんての、この年でオレ、こんなケーキ、赤っ恥かくよ。せめて、酒でもくればなあ……。秋本さん、知り合いに菓子屋がいて、ほんとなら、これ、三千円するんやけど、とくに千五百円で作ってくれた、っていうんや……そんなもん要らん、ともいわれへんし、いやァ、弱った、弱った……。何のためにくれるのか分らんよ」

私は笑ってるうちに、ふと、ちさに、女としての親しみを感じた。私がちょっといたずらにいった言葉に、ちさは、心動かされたのかもしれない。

「千五百円ねえ……」

おそらく、むだづかいしないちさには、大変な出費であろう。

「SHIZUOか……」

菓子屋の前で、紙にそう書いて頼んでいるちさの姿を思い浮べると、私は、はじめて、ちさをかついだことが胸いたく思われた。

静夫と結婚して、三歳の男の子がある今になっても、私は、ちさのバースデイケーキを思い出すと胸いたむ。ちさにしみじみした思いを持つようになった。

石のアイツ

ゆうべ、アイツの夢をみてしまった。

きっと、純子《じゅんこ》と多枝子《たえこ》が、アイツの噂《うわさ》をきかせたからにちがいない。盛り場でふと会ったアイツは、今でも独身だといい、あいかわらずオシャレだったらしいが純子にいわせれば、

「老《ふ》けて、別人みたいやったわ。年齢の垢《あか》というのか、独身の垢というのか、どことなし薄汚のうなってたわ。笑《わろ》たら、シワできたりして、もう、見るかげもなく、そこらのオッサンみたいになってるんだわさ」

と、さんざんである。

すると、多枝子が、とりなすような口調で、

「男って、女よりふけかた早いのよ……仕事でちょっとガタがきたりすると、よけい、メタメタと老けるのよ。かわいそうじゃない。守屋《もりや》クン、ちゃんとした仕事にありつ

けないのかなあ」

と、アイツのサイドに立つもののいい方である。多枝子は、やさしい性質なので、べつにアイツにだけではない。何によらず、一方的にいったりしない。私と純子は二十八で多枝子は三十二だが、べつに年齢のせいからではないのである。

「仕事はあるやないのさ。女のヒモよ。女につけこんで、あいかわらず、うまいこと、世渡りしてるんやないかなあ」

純子が毒々しくいった。

「まあ、そういったもんでもないわよ」

私がつぶやくと、

「オヤオヤ。この人、五年もたってるのにまだかばいつづけてるわよ」

純子は私が気を悪くするほど大声で笑った。

それからあと、純子と多枝子はまだぐだぐだといろんなことをしゃべって、とうとう、十二時十分の終電に間に合う時間に家を出た。もうバスもないので、タクシーを呼んだ。五時ごろ来たから、ずいぶん長いこと遊んでいったわけである。

二人が帰ってしまうと急に静かになった。散らかった室内はいっそう雑然としてみえ、あけ放したままの窓からは、不安なほどの冷たい夜気がはいってくる。

多枝子は手のはやい女なので、遊びにくるといつもさっさとあと片づけをしてくれる、純子はそのあいだ、煙草《たばこ》をふかしてのんびりしている、というのがきまりなのであるが、今夜は終電に間に合わないといけないので、飛び出したのだった。

私は、ざっと片づけてから、蒲団《ふとん》をしいて眠ったけれど、久しぶりにアイツのことを思い出してしまった。鼻唄《はなうた》まじりでズボンにアイロンをかけていたアイツ、（プレッサーは、シワになるといって、きらいなのである）たのしそうに靴をみがいていたアイツ、（自分の靴だけ）「オーイ、お小遣い！」といって、私にオカネを出させ、塵《ちり》もとどめずさっそうとした姿で出ていくアイツ。それを見送っている、そそけた髪の、生活にやつれた私。

しかし夢は思いがけないものだった。

アイツはとてもやさしかった。私は、（夢のなかで）はかない希望をもっていた。アイツと巧《うま》くいきそうな気がして、アイツの手を握ったら、とても暖かだった。それに、近いうちに、大金が入るといってくれた。アイツがそういって入ったためしはないけれど、いってくれるだけで、私はうれしかった。

やさしいコトバ（具体的にはおぼえてない。何しろ、夢の中だから。ただ、そんな感じがあるだけ）をかけられて、私は幸福感で胸がいっぱいだった。そのせいか、朝、目がさめると充実していた。

和んだ気持で目がさめた。そしておかしいのは、目がさめているのにまだ夢がつづいているのだ。ひろい幅の、ゆるやかな石段を、二人で下りていっている。両側は、カレンダーで見たことのある外国の宮殿の石段のように、彫刻の女たちが、咲き乱れる花の鉢を捧《ささ》げていて、それが下までつづき、そのまま、湖のふちの花壇へと、みちびかれるようになっている。はるか彼方《かなた》に深い森がある。

私は思いきってアイツの手をにぎると、アイツは拒まなかった。

「ごはんたべる?」

ときくと、奴《やつ》はためらって口ごもった。

「あたしが奢《おご》るわ」

というと、とみに顔色がよくなって、

「ウン、いこう!」

と二つ返事をした。そこでやっとハッキリ目がさめ、とてもおかしかった!

「アハハハ……」

と私は一人の床で、笑ってしまった。笑いながら目がさめるなんて。でもその笑いは、幸福さにわれながら笑い崩れた、というものではなく、夢の中でさえ、アイツの性格が出たという、少々、皮肉な笑いである。

それゆえになお、おかしかった、ということもできる。いつも私がオカネを出して奢ったり、貸したりしていたので、そういう情景はいくらもあるはずなのだが、しかし、現実には、そんな記憶はない。

花が両脇《りょうわき》につづく石段や、じっと立ちつくす、声のない雪白の石像。水のある景色。そんな風景も、むろん、見たはずはない。

更にいえば、アイツの手を、私のほうから握った、という記憶もない。なぜ、そんな夢を見たのか、ふしぎである。しかし、ふと考えて、もう大分前に見た、フランス映画の「悪魔は夜来る」のシーンではないかと思い当った。私はこれをテレビで見たのだった。魂を悪魔に売った青年ジルは、アンヌ姫と恋し合い、森の泉のそばで、二人は抱き合ったまま、石になってしまった。

あの光景だ。あの光景の中で、私と裕二《ゆうじ》はオカネの話をしていたのだ。

アイツというのは、守屋裕二である。五年前に、私や多枝子や純子といっしょに、シナリオ学校にいた。市民教室の一つで、半年間の講座だった。

たいていの受講者は勤め人なので、講義は夜である。

裕二はどこかの会社にいるらしいが、会社の名も電話も教えなかった。私は小さい既製服会社にいて、純子は化粧品会社の宣伝課、多枝子は、市役所に勤めて古かった。一週に三回会い、それが半年もつづくと、四十人ばかりのクラスなので、みな仲よくなったが、とくに、私たち四人で、いつも固まることが多かった。

裕二は私より一つ下だが、若々しくて姿も顔立もいいせいか、ずっとずっと若くみえる。

オシャレだが、それを人に知られるのをはずかしがっている。

何にもせずに、人目を引く粋《いき》なところがある、そう思われたがっている。しかし内実は、自分の身なりや、自分の顔、髪、すべてに気をつかってオシャレにうき身をやつしているのだった。

それで、たいてい、人ばかりみて、キョロキョロしていた。

私は、そんな裕二が、はじめは嫌いであった。けれども彼は、うちのクラスの女の子だけでなく、短歌講座とか、社会科学入門講座とかの女の子にも、注目されているらしかった。

美青年というのは当らないが、身ごなしと彼から発散する雰囲気《ふんいき》が、ちょっと人目を引く魅力的なものであったのだ。裕二はよく知っていて、そのくせ、自分自身、自分の魅力に気付かない、という風をよそおっていた。

彼は、シナリオとか、ラジオの台本、それに芝居も書いたりしたい、テレビも書きたい、という野心があったので、あまり、オシャレに気をとられていると、思われたくなかったのかもしれない。裕二に、私が、

「あんた、女の子にもてるのね」

というと、彼はさもびっくりしたように、

「ほんと？ 信じられないなあ。またまた、かつぐゥ」

と、わざと拗《す》ねてみせた。そのくせ、眼は輝やき、もっと聞きたいと貪欲《どんよく》に燃えていた。しかし、

「あんたはオシャレね」

というと怒るのである。オシャレだと、人に思われてもいいではないか。「あ、いかす」と女の子の眼を一瞬ひきつける、それを察知して有頂天になる若い男、これも自然ではないだろうか。

若い男として、女の子が思わずふり返ってくれたらそれを自慢し、素直にうれしがればいいのに、裕二は、うれしさをひたがくしにしている。

「守屋サン、年いくつ？」

と私は聞いたことがあった。

「いくつにみえますか」

なんていって、決して彼は、ほんとの年をいおうとしない。男でトシをかくす人って珍らしい、と私はバカにした。

でもまあ、シナリオ学校は多士《たし》済々《せいせい》で、ずいぶんいろんな人がいたから、それもバラエティに富んで面白い、と思っていた。守屋裕二のかくものは、フワフワしていて、捉《つか》まえどころのないドラマだった。会話はまあまあ、いけたけれども、要するに根がなかった。しかしそれも裕二の、ちょっと甘い二枚目のマスクや、しなやかな軀《からだ》つきにふさわしいムードだといえるかもしれない。

書くものによって、いちばん人間はあらわになるので、実作をよんでみて、いよいよ、裕二の本質が、あきらかにされた、というところかもしれない。私は、裕二を軽くみていた。講座のプログラムが進んで三カ月をすぎると、映画とかテレビとかの研究班に分れるようになった。

私はテレビドラマを書きたかったから、そちらのほうをえらんだ。才能があるのかないのか分らないけど、小さい時から、ドラマを書いてみたいと思っていた。いつか、もし、ささやかなものでもいい、テレビで仕事を貰《もら》え、一人で食べていければどんなにいいだろう、と私は夢想していた。それまで会社は、やめることができない。まじめに働いてサラリーをもらって、つましいきりつめた生活をし、夜おそくまで、自分の中でとりとめもなくモヤモヤとわきあがるモノを、形にしようと書きつづけていた。むなしい努力かもしれない。

もしかして永久に、何もむくわれず終るかもしれない。そうなったら青春の日は、すさまじい空費になってしまう。

結婚もせず、恋愛もみのらず、安い原稿用紙を、次々と汚しただけで、青春の刻《とき》はすぎてゆくのかもしれない。

そんなおそろしい不安は、年とともに、持ち重りする。

奈良の田舎にいる父や母は、私の勉強に理解がなくて、腹をたてていた。やくたいもないものにうちこむより、早く現実的な常識をとり戻して、結婚しろというのである。妹の方が先に結婚し、やがて、弟も結婚した。兄は、子供が二人めになった。

私は、両親の家へかえることもなく、夜々、本を読んだり、拙《まず》い習作を書きつづけていた。

いざというときは、収入がなくても、書きつづけないといけない、勉強をつづけるにはオカネが要る、と思い、私は乏しいサラリーから貯金をしていた。

着る服は、毎年おなじで、アクセサリーも同じだった。友達が要らないというハンドバッグをもらい、それで数年保《も》たせた。私は、本や、レコードを買うのは惜しくなかったが、身のまわりのものに、余計な金をかける気はしなかった。

余計な金、なんてもともとなかったのだ。

大都会で若い娘がひとり住み、しかも、身のほど知らぬ大それた望みをもっているとき、そちらへつぎこんで、お金が余るはずはないのであった。

不安な精神状態でいるときに、シナリオ学校へ入ったのは、とてもよいことだった。一定の受講料さえ払えば、誰でも入れてくれるのだけれど、ここには、少くとも、ドラマやお芝居が好き、その話をしたい、自分でも書いてみたい、という人々がいるのだ。まるで同国人に、異郷の地でめぐりあったようで、私はとても嬉《うれ》しかった。

ここで得た友人の中でも、多枝子や純子は大事にしたい、と思うようになった。純子はいいひらめきのドラマを書き、気の利《き》いた、あたまのいい娘で、ちょっと皮肉なところはあるが、小柄な美女である。

多枝子は、どっしりした軀つきの大柄な女で、口かず少く、おちついている。地味な役所づとめだが、本もたいそう読んでいるインテリで、実作批評の時間など、おちついて、的確なことをしゃべるのだ。髪をうしろで括《くく》って、もっさりした姿であるが、

悠々と煙草なんかをふかして、いかにも、(裕二がつけたアダナだけれど)

「お姉さま」

という感じだった。

「お姉さま」と純子を、私は大切な友人として考えていた。三人は、わりに話も合うし、好みも似ていて、楽しいグループになった。

それで、裕二に関心をもったのは三人とも一緒だった。

「お風呂《ふろ》の中でオナラしたみたいな子ね」

と純子は辛辣《しんらつ》にいう。純子はたいてい下品な言葉で面白がる、偽悪趣味の美人である。

「フワーとして、とりとめないやないの」

「それにオシャレやねえ」

と多枝子も、煙草をふかしながら笑った。

「鏡の前を通るときはいつも目付きが真剣になるわよ」

「よくシャツのボタンあけてるじゃない。あれ、二つめまであけるか、三つめまであけるか、アイツ、けんめいに鏡の前で研究してんの、見たわ。誰も見てないと思って、顔を右向けたり、左向けたり、髪を垂らしてみたり、してたわよ」

と純子はいい、私たちは思わず笑った。いつとなく「アイツ」というと、裕二を指すようになった。

私たちはそろってテレビドラマ科のほうへいったが、裕二もはいってきた。「お姉さまのおあとを慕って」といっていたが、実作批評で、多枝子たちにほめられたのが、うれしかったのかもしれない。

多枝子は、わりに親切に裕二に批評したたし、純子も、けなしたりはしなかった。私ひとりは、バカにしていた。彼の作品を酷評して、

「現実に根ざしてない。あたまの中で考えたツクリゴトにすぎない。こんなドラマ、見られたものじゃない」

と私はズケズケいい、彼はしごく、くやしそうであった。怒りを押えて笑っているが、すぐ、

「あ、そういう千田さんこそ、あんなテーマ、時代ばなれしてますよ。古いんだなあ」

と言い返し、私にすれば、作品の価値判断はともかく、自分がいわれてすぐ、しっぺ返ししたがるような男は、好きではないのだった。

ともあれ、四人はどこへいくのも一緒で、シナリオ学校だけでなく、展覧会にいっ

たり、講義の終ったあと、ごはんを食べにゆくのも一緒であった。

裕二が一人加わると、女三人のグループに活気がみなぎる気がした。オシャレで、フワフワの裕二だが、腰がかるく、私たちの用をよくしてくれた。

それに、目立つほどのハンサムを連れあるいているのも、いい気持であった。裕二は長いつきあいの人間よりも、初対面の人間ほどしたしそうにする男で、どこへいっても人ざわりがよかったから、スナックやバーではいい顔になっていて、私たちが裕二をつれていくと華やかだった。裕二は多枝子には甘え、純子には面白がってよく言い合っていた。といっても、ケンカというのではなく、私の見るところ、多枝子も純子も、裕二には甘かった。彼を相手にしゃべるとき、多枝子たちの顔は、灯がついたように明るくなった。眉《まゆ》の濃い、黒い瞳《ひとみ》のイキイキした裕二の顔も、愛嬌《あいきょう》があふれそうだった。

(アイツ、自分を好もしく思ってる人の前だと、いっそうはしゃぐのやわ)

と、私は思っていた。

私は、じーっと裕二を、意地わるく観察していた。

(アイツ、二人に可愛《かわい》がられてると思ってる)

冬の夕方、会社へ電話がかかった。珍らしく裕二だった。こんど提出する作品を見てほしい、というのだ。私はすこし熱があって、体がだるい気味だったので、こんどの例会の日にしてほしい、といったが、裕二は熱心に、

「いや、何や、どうしても今日、見てほしいねん。批評きかしてほしいねん」

といってゆずらないのだ。私は負けて、何というワガママ男だろう、と思って、ぷんぷん、ふくれながら行った。

裕二は小さいスナックで待っていた。赤い格子縞《こうしじま》のテーブルクロスのかかった店で、薄暗いところだった。私は仏頂面《づら》で坐《すわ》った。

「僕、奢《おご》るから。何がええ?」

裕二は私の機嫌をとるようにいい、私は料理を注文した。彼はおそるおそる、ハトロン紙の封筒から原稿を出してきた。私はざっと読んで、彼の手もとに返すなり、ずけずけと、

「途中から腰くだけね」

と批評した。

シチューが来たので、私はさっさと引き寄せて食べながら、遠慮のないところをいった。

構成はガタガタだし、人間は類型的だし……。

裕二があんまりだまっているので、

「ま、お互い勉強中やから、こんなこと、いうたら僭越《せんえつ》かもしれへんけど。ずいぶん遠慮ない批評してごめんなさい」

と私はすこし可哀《かわい》そうになっていった。

「ううん。そんなこと……。僕、なんで千田サンに無理いうて来てもろた、いうたら、千田サンの批評眼、信用してたから」

裕二はおとなしくいった。彼は、子供の食べるようなオムライスなぞ、食べている。

「千田サン、実力あるんやねえ……。僕、ほんとうに尊敬してるねん。いまにきっと大成する人や、思うな。千田サンがいちばんえらくなる、思うな」

「そんなこと……」

私は不意打ちをくらって、うろたえてしまった。私は、自分の能力に全く自信のないときと、突然、過大な自信をもつときとあった。私はその両方を、すごいスピードで、いったり来たり、するときがある。

「それに、そんな自分の実力に気がつかず一生けんめい、勉強してるでしょ。ええなあ。一つのことにうちこんで、わき目もふらずやってる、いうスガスガしさみたいなもんに、僕、ひきつけられてしまう」

「やめてよ、守屋さん、あほなこと、いわんといて」

「千田さんは、いつもこう、うわのそらみたいなとこ、あるでしょう。すッごく賢くて、実力あって、すばらしいセンスもってる人のくせに、何か現実を生きてないみたいな、クギの一本、ぬけたとこがあるみたい」

今度は、私の方がだまってしまった。そういわれると、そんな気もするのだ。

「そこが、とてもかわいらしい」

裕二は、コーヒーを飲んでいて、

「お姉さまも純子さんも、あれはシッカリしてて、現実的すぎますよ。あれだけ、ぬけめない人たちに、作品が書けるわけないですよ」

私は、いよいよ、返事ができなかった。

それは私が、かねて思っていることだからだった。その分析は、多枝子たちに対する親愛感とは別のものである。

「まあ、僕なんか、純子さんらのまだ下やから、モノにならないのは分ってるけど、千田サンにいっぺんピシャッと、そういってもらいたかったから」

彼は、原稿の入った紙袋を、脇《わき》へ引き寄せた。

私は今になって、彼に、あまりにも飾りけなく、率直な批評をしたことがくやまれた。

でも、私は、正直なことしか、いえない女なのだから。

「わかってます。――その、正直なところが僕には尊敬のまとなんでね。もしかして、イイ批評がきかせてもらえるかと、うぬぼれでワクワクして、読んでもらったんです。あ、でも、そない気にせんといて、よ」

裕二はいたずらっぽい眼になって、歯をみせた。

「さっきみたいに、二度とたてないような批評をきかされても、僕は平気で、またこんどの例会へ、このまま持っていくよ。もしかして、あるいは、千田さんは、ああいうたけど、世紀の大傑作かもしれへん、と――。そんなうぬぼれなかったら、誰がモノなんか書きますか、わかるでしょ」

「うん、わかる」

と私はいい、二人で声を合せて笑ってしまった。

「あ。その笑い顔。それが無邪気で、いい。千田さん、自分の実力も知らんけど、自分の魅力も知らんでしょ」

私は、そんなことをかねて考えたことがなかった。私は、いいドラマを書きたい、ドラマにふさわしいテーマやヒントをさがしたい、人間を書けるようになりたい、そんなことばかり、考えていたから。

「そこに千田さんの魅力が出てくる。地上のことは、目に入らへんらしいね。てっぺんばっかり見てて」

といい、裕二はふいに、私の手をとった。

「僕、前から千田サンが好きやった。わからなかった？」

すると、私の前から薄靄《うすもや》が吹き払われたように、ハッキリみえる気がした。私も、裕二が好きだったのだ、ということ。好きだから、彼のオシャレ好きが気になったり、ほかの女の前ではしゃいでる彼を、意地わるく観察したりしていたのだ。

彼を、浮々させる女たちや、身づくろいしてオシャレにならせる女たちに、私は、嫉妬《しっと》していたのだ。

彼のすらりとした軀《からだ》や、イキイキした黒眼に、私は視線をさまよわせ、うっとりしていたのだ。

そんなことを、ずーっと前からわかっていたけれど、それを心の底に押しかくして、私自身、気付かなかったのかもしれない。

「今日はどうしても逢《あ》いたかった。こんなんの批評してくれ、なんて口実。そんなことでもいわないと、千田さん、逢ってくれないもん。千田さんのそばにいつもお姉さまや純ちゃんが一緒やし——。ねえ。約束して」

「何をなの？」

といった私の声はかすれてしまっていた。

「これから、いつも二人きりで会うこと。みんなには、うるさいからしばらく、黙っていようね」

裕二は、私の手を握りしめ、それはとても強い力になった。私は酔ってるみたいだった。

その店の代金は、裕二が払ってくれた。そして、それは、アイツの出費の、最初で最後であった。

私は、裕二とデートするたびに、お金を払うことになった。裕二のために、私はあっけないほど早く、貯金を使い果した。

不況で裕二は退職させられて、次の就職まで、私の部屋に住んでいた。私は、勉強も中断して、夜は病院の保険事務で働いた。

私は裕二と結婚したつもりだったから、どんなに働いても、ちっとも苦労ではなかった。裕二がいつまでも綺麗《きれい》で、若々しい身ごなしに魅力があるのをたのしんでいた。

今は、オシャレな所も可愛かった。自分はぼろを着ていても裕二には、いい身なりをさせて、機嫌よくさせておいてやりたかった。私は小遣いをやり、彼を養うため、必死で働いた。

「いいかげんにしなさいよ。ほかにも女、いるみたいよ、アイツ。まだ目がさめないの」

と、純子がいった。

「アイツみたいなのを天性のヒモというのね。早く、追い出しちゃいなさい」

またもや、私の目から、はらりと幕が切って落された気がした。あっ、あれをヒモというのか。

でも、私は、裕二を養って貢《みつ》いでいて、不快だったことはなかった。アイツはやさしくて、それに、私から見て魅力的で、自分のオシャレにばかり熱中していた。私に「あんたは天才だ。あんたは実力のある人だ。あんたは無邪気で魅力のある人」といいつづけ、やさしい言葉も笑顔も惜しまなかった。私は幸福だった。しかし、純子の言葉をきいてから、急に、不幸になった。とうとう、ある日、

「たまには、オカネを入れてよッ！」

とどなった。

それから、一カ月ばかりして、アイツは出ていった。パチンコをしてくる、といっ

て出たけど、見たら、荷物も何もなかった。

いま何をしてるのかしら。この頃、テレビで、脚色者としてちょいちょい、出てくる私の名を、彼は見てくれてるかしら。

青年ジルとアンヌ姫のように、私とアイツは、あそこで石になった。そうして三たび、私は目から鱗《うろこ》がおちたようにわかったのだが、アイツと暮らしているあいだ、苦労したとは思えなかったのだ。私は幸福だったのだ。

世俗の風が舞いこんだとき、その幸福は石になったのだ。五年たってやっとわかった。

怒りんぼ

その饅頭屋《まんじゆうや》へはいったときは、むろん、いつものクセは出なかった。

それどころか、ニコニコしていた。喬《たかし》と一緒に買いにきたのだから。

喬は、ここの名物餅《もち》「こがね大福」が好きである。どちらかというとお酒の方が好きで甘いものはたべないが、この「こがね大福」だけは子供のころから食べていたので、好きなのだそうだ。

大阪の下町の古いお菓子なのだが、いまの店は、昔からつづいた老舗《しにせ》でなくて、名前をゆずりうけて、昔と同じようなものを作っているということらしい。

福岡の、太宰府《だざいふ》の天神サンの境内に梅ヶ枝餅《うめえもち》というのがあるが、ちょうどあれを大きく、女の手のひらぐらいにしたもの、中に淡泊な味の餡《あん》が入ってて、両面焼きじるしで、「こがね大福」と字が入っている。外側は焼けてすこしかたく、熱いのをわんぐりと食べると、餅のやわらかさと餡の淡泊な味がうまく溶けておいしい。

かたくなっても味は落ちず、おいしいのだった。

大きすぎて、見た目はげんなりする。友達の花田亜以子《あいこ》なんか、はじめて見たとき、

「ワラジみたい……」

とびっくりしたものだったが、薄いので、食べてみると意外に、カサは低く、

「もう一つ……」

もう一つ、とたべてしまう。

喬は、これを、赤いほうじ茶などでたべるのが好きである。おやつに食べすぎて、晩ご飯は要らない、といったりする。

大きな会社の製品でもないので、いつでもどこでも買えるというわけにはいかない。大阪の町の、キタの西のはずれの店しか売っていない。私のウチは、ミナミのまん中であるから、いつも買いにいけるわけでなく、キタに用があったとき、ついでに足をのばして、ちょっと買いにいったり、するのだった。

大阪の町には、盛り場はいくつもあるが、おもなところは、北の梅田・曽根崎界隈《そねざきかいわい》と、南の難波《なんば》・心斎橋・道頓堀《どうとんぼり》である。大阪の人々は「キタ・ミナミ」と呼んで、そのどちらかを縄張りにするのだった。

その店は、広告も看板もないので目立たない、小さな店である。爺《じい》さんとちょっと

若いオッサンと、二人で焼いている。ちょうどイカセンベイのように、二枚のウチワのような鉄板に餅をはさみ、ぎゅっと締めて柄をぱちんと合せ、両面、火に焼くのであった。

奥で食べられるように腰掛があるが、その給仕をする女の子が、表へも出て来て、買いにくる客の応対をしてお金を受けとったりする。いつみても忙がしそうである。

いつもたいてい、客が順番をつくって待っている。

「こがね大福」をなつかしがって買いにくる人もあるし、実質的にも安くておいしいので評判なのだった。有名な店の銘菓とちがい、駄菓子に近いものだけれど、それだけに人々に好かれるのかもしれない。

私も、このへんな餅菓子が好きである。

もっとも、私のウチでは花田亜以子がいみじくもいったコトバから、

「ワラジ大福」

なんて呼んでいたけど。

ただ、ここの店の人はすこし偏屈である。

爺さんはほとんど口を利《き》かず、黙々と焼いてるし、オッサンのほうはえらそうに客に当り散らし買い心地のよくない店である。女の子はあまりの忙がしさと重労働のせ

いか、つんけんしてるし、店は小さいから熱気がこもってむしあつく、客を大事にしているともいえないのだった。

しかし、今日びでは、安くおいしくサービスもよく、環境もよい店を望むのは、ぜいたくというものかもしれない。

いつか、ウチの店のレジの玉ちゃんという女の子を買いにいかせたら、混《こ》んでてオッサンにどなられたということで、

「もう二度と行かない」

と怒っていた。

大阪の商売人で、そんなでかい態度の人間は、ほとんどいない。オッサンは大福餅を焼く職人で、商売人ではないのである。しかし人手不足で客の応対もしないといけないから、イライラするのかもしれない。

私にはよくわかる。

私のウチは市場の中の小さいスーパーをしていて、両親も兄たちもみな、そこで働いていた。

私は家でもっぱら炊事係りである。六、七人分の三度三度の食事を用意するのは、それだけでたいへんな仕事で、とても遊び半分ではできない。よっぽど忙がしい年末

などは、私も店を手伝いにいく。バイトの女子高校生など雇ったりし、食事も一々家に帰っていられないので、市場の前の食堂からカツどんなんかとって、交代で食べる。

そんな生活なので、忙がしいときのイライラから、つい、つんけんするようになるのはわかるのだけれど。

「こがね大福」はその日も混んでいた。いっぱいの客が待っていて、爺さんもオッサンも汗水たらして焼き、女の子はてんてこまいである。

常連らしい男の客が何げなく、

「ようもうかるやろ、こない忙がしかったら」

というとオッサンは、ヒゲの濃い顔をゆがめ、

「安う売ってるのに、なんで儲《もう》かるかいな、くたびれ儲けやわ」

と吐き出すようにいって、首すじの手拭《てぬぐ》いで汗をぬぐった。

そんなにしゃくにさわるなら商売やめればいいのに、と私はもう、そのへんでムラムラ来ている。私は喬にいわせれば怒りんぼである。

喬ははじめてこの店へ来たので珍らしそうにながめながら壁ぎわの椅子《いす》に坐《すわ》っていた。

「十個ください」

と私はいった。

「並んで、並んで。横から来たってあかん」

オッサンに叱《しか》られてしまった。中年の女の人も叱られている。

「なんぼ？　エ？　五コ？　はっきりいうてえな」

なんて乱暴な口の利きかた。

まるで売っていただく、買わせていただくというみたい。国連物資をタダで分けてくれる難民救済所でも、こうはえらそうに云《い》わないんじゃないかしら。

私の番が来て、

「十個……」

といって、そうだ、今日は亜以子も来るしと思いついて、「二十個」といい直した。

果してオッサンに叱られてしまう。

「どっちやねん、ちゃんというてや。忙がしいねんさかいな！　見たらわかるやろ」

「こっちだって忙がしいわよ」

と、つい私はいい返してしまった。

これが私のわるいクセなのだ。腹が立つとカッとして舌がオートメーションで動いてしまう。

「忙がしい中をじっと長いこと待って買おうとしてるんやないの、お客の気持考えてみなさいよ、そんなえらそうにモノ言われないはずよ」

オッサンは私をにらみつけ、

「今までそんなんいうたお客さんあれへん。ようできたお客さんは、何も言いはれへん」

といった。

「オタクがいいたい放題いうよって、こっちもいうのやないの。遠いとこをワザワザ電車に乗って買いにきてるヒイキの客の気持を汲《く》んだら、なんぼ忙がしい、いうたかて、そうつんけんでけへんはずやわ」

「何もつんけんしてへんやないか」

とオッサンもどなった。

「あ、そう。それが地《じ》なの、オタクの」

まわりの客は、おかしそうに、興味深そうに聞いていた。

オッサンは次の客に包みながら、

「ウチはそない売らんかてええねん、買《こ》うてくれはるお客だけでええねん」

そういうあいだ、その「お客」はまだ若い主婦風の女であったが、私とオッサンのやりとりも耳に入らぬ如《ごと》く、澄まして金を払って出てゆく。

「な、見てみ。ようできた人は、そんなワケの分らへんことというてイチャモンつけへん」

　とオッサンはしたり顔でいった。

「ワカラズやはどっちなのさ！　イチャモンとは……」

　私が赤くなって怒り狂ってると、喬があわてて とんできて、オッサンに金を払い、「こがね大福」の包みをかかえて、

「どうも、どうも……」

　と、にこにこしながら、私を店の外へ引っ張り出した。喬はやさしい顔立の、もののいいぶりもしおらしい男なので、彼がモノをいうと、誰も怒れない。

　オッサンはそのあいだも、

「ちぇっ。オナゴのくせにえらい口やな」

　と捨てゼリフをいっていた。オナゴのくせに、というのがまた腹が立つ。

「おいおい、もうやめてんか」

　喬はびっくりして私を引き戻した。

「何も饅頭屋のオッサンと真剣にどなり合うことあれへんがな。あほらしい」

「うん、そう思うけど、さ……。あんまり憎らしいやないの」

「変人やけどねえ……偏屈なのはどこにでもいてるよ。ウチの会社にも一応は必らず、『しかし』というのがいて、麻雀《マージャン》で勝っても『しかし』という」

喬はのんびりしてそんなことをいっている。

その声を聞いてるうちに、私はいつも通り心がなごんでおちつき、

「でも、みんなのために怒ったのよ。お客サンはみな、心の中で思ってることを、あたしが代表していうただけよ」

などと、喬に甘えてしまう。

「それはそうやけど、心の中で思うてることと、いうこととは、すごい距離があるよ。ハッちゃんも変人の一種やろうな」

と、私のことを変人扱いする。

「じゃあ、喬サンは、どんなときにも怒らないの？」

「怒ると、『こがね大福』が不味《まず》うなるからね。おいしくたべるために、怒らない」

なんていうが、喬の怒ったのを見たことがない。

だから、結婚して、ウチの家族と一緒にいても、折合いよく、やっていけるのだ。

私と喬は、二年前に結婚して、私の実家のちかくのアパートに住んでいる。でも、

私の実家の商売が忙がしいため、私は炊事を引き受けてサラリーを、もらっている。そして私と喬の食事は、実家へ来て両親や兄たち、レジの玉ちゃん（これは住み込みである）とみんなでとることにしている。アパートは、寝に帰るだけ、といってよい。

喬は今橋の会社に勤めている。見合だったけど、私は彼がいっぺんで気に入り、彼も、

「元気がいい」

と私を見るなり思い、気に入ったそうである。

金時《きんとき》サンみたいね、といったら、

「こんな金時サンには、熊《くま》みたいに、ずでんどう、と投げられてもいい、と思った」

なんていう――しかし私は喬を投げたことなんか、もちろんない。喬とはケンカしたこともない。喬がやさしくて物わかりよくおとなしいので、ケンカの種もないのだ。

ウチの家族といっしょに食事をしていて、喬はいつも機嫌よくしている。私の家族は私に似て（私が彼らに似てるのか）ケンカ早く、父と兄は、ふだん仲はいいくせに、一つまちがうと、

「何を」

「何や」

と言い合っている。いつかは、父が兄に、雑巾《ぞうきん》を投げつけたことがあった。それは兄には当らなかったけれど、喬が、

「あっ、空飛ぶ雑巾！」

と相の手を入れたので、みんなドッと笑って、前より面白くなったことがあった。

父も母も、兄たちも、喬を好いていた。一緒に食事をしてみんな機嫌よく、

「おやすみ」

「おやすみなさい」

といいあって私たちはアパートへ帰る。

喬一人のために、家中とてもなごやかになるのだった。私は、喬も、みんなといっしょにいるのを好んでいると思っていた。

サラリーをためて食費を浮かせ、お金がたまったら、郊外の、いいマンションへうつろう。

それが私の夢だった。

「マンションから、実家へ通うのかい？」

喬はびっくりした。

「あら、そうなったら辞めるわ」

「僕は、マンションでなくても、いまのアパートでもええけどな。いつまで実家を手伝うの?」

「お兄ちゃんに、おヨメさん来たら辞めるわ」

私はふと、気がかりになって聞いた。

「喬サン、ウチの家、いやなの? ウチの家族……」

「どうして? そんなこと、ないよ」

喬はおどろいてうち消す。

彼のおだやかな、やさしい顔や、声音に、私は安堵《あんど》と尊敬をおぼえる。父も兄も私もカンシャクもちで(その代り、いっぺんガシャーンと落雷するとあとはカラッとしたけど)こらえ性《しょう》がないので、喬のように、二十七というとしにしては老成した、じっくりした男を、尊敬してしまうのだった。

私は、喬がいるために、威勢よく怒ってみせられるのかもしれない。

いつかは、「みどりの窓口」で、あんまり駅員さんが不親切にいうので、

「値上げするばっかりが能やないわよ」

とタンカを切ったこともあった。喬はこのときも、

「どうもどうも……」

といって、あわてて私の代りに、キップを買った。

タクシーに乗っていて、運転手があんまり横柄《おうへい》な口を利《き》くので、

「あんた、名前なんての……タクシー会社の名は」

と運転席の名前を覗《のぞ》きこもうとしたら、

「どうも、どうも……」

と喬にいそいで連れ出されてしまった。

そうして、

「やーさんみたいやないの、あの人」

とぷんぷんしてる私に、喬は、

「なにいうてんねん。やーさんが働くかいな。あないして、暑いとき寒いときにも働いとんねんから、あの人は偉いよ。疲れて気が立ってるときは、モノの言い方も、かい、もてられへんのやろなあ」

というのだった。これが、やーさん相手だったら、

「やーさんでも、気のええ人は、堅気の市民の意地わるよりも、まだマシや」

というかもしれない。

私は、喬とくらしていて、だんだん人が良くなってくるはずであるが、人格は中々

リッパにならないで、かえってケンカっ早くなっていた。

夜おそく、アパートの下の路上をよっぱらいが歌ってゆく、やかましくて眠れないので、

「やかましいよう！」

と窓をがらりと開けてどなったら、下から、

「すんまへん」

としおらしく詫《わ》びられて、

「僕の出る場がないな」

と喬はいい、笑ったことがあった。喬がいつもうしろから「どうもどうも。まああ」と出てくるので、安心して、

「ちょっと、その言い方は何よ！」

といっていたのかもしれない。

「ワラジ大福」を買ってかえり、スキヤキの用意もできたころ、花田亜以子が来た。

亜以子は私の高校時代の親友で、彼女のほうは卒業以来、会社につとめている。ま

だ結婚していなくて、ますます綺麗《きれい》になるみたいだった。

「今日は、おウチへ手伝いにいかなくていいの？」

と亜以子はきいた。

「スーパーの公休日よ。ゆっくりしていってね。喬サンと、あんたの好きな『ワラジ大福』を買ってきたから」

私は友人に、亜以子のように美しい女を持っているのが自慢だったので、喬にも早くから紹介してあった。

「その店でまた、ケンカしよんねん」

喬は面白そうに報告して、オッサンとのヤリトリを、亜以子に聞かせていた。

「あれあれ……いくつになっても、ハッちゃんはかわらへんのねえ」

亜以子はエレガントな手つきで、卵を割って皿に入れ、みんなの前に並べてゆく。

「学生時代からそうなのよ……」

亜以子はスキヤキを、長い箸《はし》でかきまわしていた。大阪風に醤油《しょうゆ》と砂糖とお酒を入れ、若者好みにちょっと甘みを利かせて煮《た》くのだった。私も亜以子も同じ好みだから、ウチへ遊びにくると、亜以子はいつも味つけや料理を引きうけてくれる。

いや、私のように、いつも、六、七人の大家族の料理を、大まかにしている人間とちがって、亜以子はデリケートに小綺麗に、ちょっとしたものも作ってくれたりする。

「スキヤキだけだと、もたれるわよ」

といって、あり合せの、ワカメや胡瓜《きゆうり》や、しらす干しなどをよせ合せ、さっぱりした二杯酢の酢のものなど作って、白胡麻《しろごま》を、上にぱらぱらと振る。

それを、器が足りないので、平たいお湯呑《ゆの》みにきれいに盛りつけて配ったり、する。私は何でも大鉢に盛って据えるのになれていたから、彼女のしてくれる、こまごましたことが好きだった。

「ほら、あたしとハッちゃんが電車へ乗ってたら、足の悪いお婆《ばあ》さんがいたのよね。ところが坐《すわ》ってる人は誰一人、知らん顔をして立たないの。ハッちゃんは、若い男の前へいって、『お婆さんに席をゆずってあげて』といったらその男が『強制する権利は君にはないと思う』と逆らって、ハッちゃん大げんかの巻。あたしが、『まあまあ』ととめて……」

「そうか、いつもうしろに誰か止め男、止め女がついてたのか」

と喬はいい、亜以子が来てくれた晩は、いつもそうだが、たのしい宴会になるのだった。

「でも、この人、正義感でケンカするんやと思うわ」

　亜以子は私のことをとりなしてくれた。

「――喬サンはあたしのことを、怒りんぼっていうんやけど」

「ううん、タダの怒りんぼやないわ。曲ったことや、意地わるに対して怒るのよ、ねえ」

　と亜以子はいった。

「誰でもカッとするけどさ、それをちょっと押えて、翌日になってから怒ることにしたらどう」

　喬は私にアドバイスする。

「よけい怒ってるわよ」

　と私がいったので、みんな大笑いした。ビールでほろ酔いしていい気分になって、夜も更《ふ》けたから亜以子は帰っていった。

「あっ、『こがね大福』忘れてる」

　喬は、亜以子におみやげに渡した大福が玄関にあるのを見て叫んだ。私はあわてて、

「まだ、そこにいると思うわ、行ってくるから」

「ええよ、僕がいく」

　喬は、「こがね大福」をひっさらえて、大いそぎで出ていった。

私は、台所で流しながら、ラジオを聞いていた。すっかりきれいにして、蒲団《ふとん》もしいたのにまだ、喬は帰ってこない。私はビールの酔いがまわって、うつらうつらと眠ってしまった。

どれくらいあとに、喬が帰ったのか知らない。喬はテレビを見ていて、私の体の上には毛布がかけてあった。

「風邪をひくよ」

と、あいかわらず喬はやさしかった。

そのあとも、二、三回、亜以子は私のウチへあそびに来ていた。スーパーの公休日には私がアパートにいるので、いつもあそびに来てくれて、喬と三人で宴会になった。

「ああ、今夜は、御飯たべてすぐ眠れるのか」

と喬はうれしそうに叫んだ。毎晩、私のウチで食事してアパートへ帰るのだが、そんなことをいっても、目と鼻の先なのに——。

喬は、やっぱり、アパートで、私と二人、食事したかったのかしら。でも、私のウチで食事するときは楽しそうなのに。

辛抱づよい、おだやかな男だから、こちらからは何にもわからない。

そのうち、亜以子がばったり、来なくなった。

電話で誘っても、このごろ習いごとが多くなっていそがしくて……といっていた。

それで公休日は、私と喬が二人で、アパートでたべることになった。

にぎやかな食事に慣れていると、二人きりの食事は淋《さび》しかった。ウチへいって食べない？　と誘うと、いつも喬は、やさしく、

「うん。ええよ」

とついてきた。

それで私も、大家族でワイワイガヤガヤして、時には、雑巾が空をとんだりして食べる夕飯を、喬も好んでると思っていたのだ。

喬の仕事がいそがしくて、残業があるようになった。私はひとりでウチで食べてアパートへ帰ってきた。

喬がまだ帰ってこないときが多くなった。

でも私は、ちっとも怒ったことがなかった。

怒りというのは、こっちの予期に反する事態、しかも悪く反した事態に発するものである。

喬はやさしいし、私にとってはどんな点でも腹をたてることはないのだった。

それで、喬が、ある日突然、

「すまない。ここを出たい」

といって、それは、花田亜以子と暮らすためだったのだが、それでも私は怒ることができなかった。私はぼんやり、聞いていた。

怒っても、もう、うしろから、

「まああ」

とも、

「どうもどうも」

といってくれる人はないのだ。

「怒らないのか。なんで怒ってくれない。『こがね大福』の餅屋《もちや》のオッサンにはあんなに怒ったのに」

と喬がいうと私は、なお、怒れなかった。

「あたし、怒りんぼじゃないのよ、もともとは」

と私は小さくいった。

「一日おいてあくる日に怒れ、と僕がいったから？　でも怒ってほしい。目の前で怒ってほしい。どんなにいわれても仕方ない、僕がわるいんやから。けど、……」

私にはその先がわかった、けど、どうしようもない、というのだ。

私は、一日おいたら、あくる日は悲しみになるのがわかっていた。

「すまないと思う。——君にはわるい所はない。でも、どうしようもなかった」

「わかったわ」

私はやさしくいった。

「怒りたいけど怒れないの……なんでやろ、カッとなれないの」

私はそういった。カッとなって怒れた日は、悲しみを知らない日だったのだ。

中京区・押小路《おしこうじ》上ル

着物の着付け教室へ、私はしばらく通ったことがあるが、でも、着物はくたびれて窮屈でいやだった。それで、着物を着なくなってしまい、いつまでも馴《な》れないので、結局、着付け教室で習った知識はふいになってしまった。

母などは、休みの日ぐらい着物を着なさい、とやかましくいい、叔母もすすめるのであるが、おっくうで手を通したこともない。

休日は、セーターにジーパン、外へ出るときはこの上に白い兎《うさぎ》の毛皮の、半コートを羽織って出ていく。軽くて動きやすくて好きだ。

会社は男女とも、ジーパン禁止、男の長髪、女の髪染めも禁止だから、マトモな恰《かっ》好《こう》で行くけれども。

「タマに着物でも着おしいな、ご近所はんに笑われるえ」

と母はうるさくいうのだ。京都という町はかなわない。

私のウチは中京区で、京都市のいわばまん中である。古い町のなかでも、古い町家が並んでいる。このへんの人は、

「中京区に代々住んだもんやなかったら、自慢して、ほんまの京都生れやおへん」

などというが、私自身は、純粋の京都生れだろうが京女だろうが、ちっともいいとは思えない。

戦災を受けなかった京都の町は、だから親代々、住みついていて、住み手が入れかわることも殆《ほと》んどない。家・土地を売ってどこか郊外へいく、というような革命家は、一人も町内にいないようだ。私のウチも、もう二百年このかた、同じ所に住みついてるそうである。

祖父の話では、昔から味噌《みそ》、こうじ、醤油《しょうゆ》などを代々つくって商っており、御所の御用達《ごようたし》もしていたそうであるが、昭和のはじめには、小売だけになってしまい、それも戦後は、祖父の代で終ってしまった。跡取り娘の母が、学者と結婚し、叔母も医者と結婚して、家業を継がなくなってしまったのだ。

「しようがないことや」

と祖父はあきらめている。

「そんならお祖父《じい》さん、ここ売ってヨソの土地へ行ってもよろしおすやろ?」

と私が聞いたら、

「そんなことしたらえらいこっちゃ、バチ当りますがな。先祖代々の家土地やのに」

というのだ。

祖父の仕事は、天井まである大きな金ピカのお仏壇に、朝晩お勤行《つとめ》すること、空布巾《からぶきん》をかけて磨きあげること、町内の世話、裏のお寺が経営している幼稚園の世話、などなどである。あいまに、向いの茶屋・山城屋《やましろや》のおじいさんと町内の噂話《うわさばなし》をする。こういうじいさんばあさんが何人も町内にいるため、若者はこんな古い町に住んでいては、あたまが上らない。

何しろ、私が母のおなかにいた時のころから知っているという、オトナたちばかりなのだ。

いや、どうかすると、私の母が、祖母のおなかにいたときから知っているおばあさんがいて、私の母もあたまが上らない。朝起きて会社へいくのに、私は何十ぺん、お辞儀しないといけないか、わからない。バス停までの道で出あう町内の人に、いちいち挨拶《あいさつ》しなければ、

「あの家の娘はんは、頭《ず》のたかい人やなあ」

といわれてしまう。

中京区というのは、堀川と二条城をまん中に、上京区と下京区に挟《はさ》まれ、東は鴨川《かもがわ》に区切られて左京区東山区に接している、小さな区である。押小路《おしこうじ》通り上ル、格子《こうし》づくりにむしこ窓の家が私のウチである。

二階は天井が低くて暗く、物置にしかならない。そのかわり、京都の家はどこでもそうであるが、奥へずっと細長くひろがっていて、中庭を挟んで離れがあって、土蔵がある。土蔵の横に小さい庭がつくってあって、お茶室があるが、ここはもっぱら、父の書斎である。土蔵の中にも本があるが、入りきれなくてお茶室に入れてあった。

去年、とうとう、本の重みで床が抜け、父はそれを機会に、鉄筋の書庫をつくりたかったらしいけど、

「コンクリの固まり、庭の中に作るやなんて、とんでもないことどす」

と、親類の大伯父さんや誰かれが文句をいい、祖父も不服らしかったので、おとなしい父は断念したようであった。

私は父と、こっそり、こんなことをいいあう。

「ねえ、ここ売ってマンション買《こ》うて、明るうて新しいところへ移りましょうよ。あたし、そうしたいわ。お父さんかて、もうこんな古いうち、いやでしょう？」

「宇女子《うめこ》はどこへなと、お嫁にいったらええやないか。好きなとこを、お婿《むこ》さんとさ

がしなさい、マンションでも団地でも」

父は、私に家を出て結婚したらいい、といっている。

女系家族やな、と町内の幼な馴染《なじ》みの文夫は笑うけれど、ほんとに、母たちも二人姉妹、私も妹と二人、でも私は、養子をとらずに、出てもいい、と父はいっている。父は、養子にきて苦労したのかしら？

いま高校生の妹も、

「うち、養子なんて、あかんえ」

といっているのだ。

二人ともおよめにいってしまえばここはどうなる、と母や祖父は不服そうだが、父は、べつに気にしなくていい、といってくれる。

私も、こんな古い、薄暗い、不便な家に未練はないのだ。きらいなのだ。

冬はひえびえと寒く、日暮れの早いこんな家に、まだあと何十年も住む気はしない。

台所は石畳みで、足もとから冷えこんでくる。使いもしないのに、大きなおくどさん（かまど）を据え、どれもみな煤《すす》けて黒光りしている。その横にガスレンジ、冷蔵庫など据え、新旧ごたまぜであるが、母は使い馴れているらしく、いっこうに台所を改造しようとしない。

「たまには台所も手伝いよし」

といわれるが、

「もっと便利になったら手伝うたげる」

と私は憎まれ口を叩《たた》いていた。

文夫の家でも、向いの秋子の家でも、お姑《しゅうとめ》さんが亡《な》くなって、それぞれの嫁——つまり、文夫や秋子の母親の代になると、「待ってました」とばかり改造して、たいそう便利にした。

私の母は、昔からの家をうけついだ、家付き娘という意識と誇りがあるせいか、却《かえ》って古いものを大事にして、変えようとしないのだ。

「文坊《ぼ》ンは、どうえ？」

と母は、ときどき私の気を引くことがある。

「どうって？」

「お婿さんにどすがな」

「いややわ、あんなん……」

「あんなんて……。古い友達やし気心知れてるし、次男やったら、ここへ来てもらえるやろし、気ィのやさしい坊ンやないかいな。あんたもきらいやないやろ」

嫌いではないが、洟《はな》たれの幼稚園のころから一緒に育った文夫を養子にして、この古い格子戸の家を守ってゆく気は私にはないのだ。裏の庭石には青い苔《こけ》がびっしり生えている、そのように、私の人生も、苔に掩《おお》われて埋もれていきそうな気がする。

文夫は大学を出て、京都の保険会社につとめている。私は女子短大を出て、すぐ会社へつとめたから、少し早く社会へ出、そのせいか、おない歳《どし》の、おない年うまれなのに、文夫が年下にみえてしまう。

いまでも祇園《ぎおん》サンや大文字《だいもんじ》の晩は、彼が、

「宇女ちゃん。いかへんか」

と子供の頃そのままに誘ってくれる。

「ふん。そやなあ、ほないこか」

と出ようとすると、母が、

「ちゃんと浴衣《ゆかた》に着更《きが》えよし、みっともないやんか！」

と小声で叱《しか》り、私はワンピースを脱がされて、毎年、あたらしく作る浴衣を着せられる。

夏祭りの夜は、町内の人たちも外へ出ており、娘ざかりの女の子の身なりに注意を払っているので、安もののワンピースやジーパンでうろうろしてはならぬと、母はいうのである。人目のうるさい町なのだ。

妹の方は学生ということで、ホットパンツなんか穿《は》いて家を出入りしていても、母は甘いのだ。

私は藍地《あいじ》の浴衣を着せられ、きっちりと帯を結ばせられ、汗がふき出る思いで、おまけに祇園サンの人出にのぼせて、

「ああ暑ゥ……文ちゃん、どこぞで冷《ちめ》たいもんでも飲んでもう帰ろ。これやさかい、宵山《よいやま》はきらいや」

と不機嫌になってしまう。

「帯、きつうて。お母ァちゃんに結んでもろたら、いつもしんどうて」

「僕、ゆるめたげよか。どこぞ、横の路地いって」

「もうええ！　帰ろ」

「月鉾《つきほこ》だけでも見ィひんか」

「もう、かんにんして。浴衣暑うてたまらんわ」

「そんなん着てこなんだらよかったのに……」

「お母ァちゃんがうるそうて」

私は帯を結ぶと、胸がゆたかすぎるのか、いつも苦しくなる。すこし太り肉《じし》なのを

自分でも気にしているので、着物なんか着るとよけい目立つのに、といやになるのだった。

「ほな、帰ろ」

と文夫はやさしくいい、私はふと、一緒に連れ立ってあるく青年が文夫でなかったら、着物も帯も、苦しくはならないのではなかろうか、と思ったりした。べつの青年——心おどる誰か。心ときめきする仄《ほの》かな恋の相手といるのだったら、苦しい帯も着物も、苦になるどころか、美しく見てもらおうという華やいだ期待で、いそいそしていたかもしれない。

着付けて苦しいと、不機嫌になっているのは、文夫に対して心ときめきするものがないからかもしれない。それだけ馴れ親しみすぎたのだ。

それは文夫も、そうかもしれない。

文夫も、もしかして彼の母に、

「どうえ? 宇女子はん、あんたのお嫁さんにどうどす」

と訊《き》かれたら、

「いややわァ。あんなん」

といっているのかもしれない。

それでも、私と文夫、向いの秋子は、幼な馴染みの仲よしであった。でも私は、なぜか、秋子にも、秋子のお母さんが、

「どうえ？　文夫さんは」

といっていることは想像しにくかった。

秋子とはお茶のけいこで一緒になる。秋子は私とちがって、ほっそりした柳腰《やなぎごし》のたおやかな美女で、着物の着つけがたいそう巧《うま》い。

私が着物をうまく着られないのは、体型のせいもあるかもしれない。バストもヒップも張っていて、肩の肉が厚いので、着物ははちきれんばかりになる。

秋子が着ると、まるで着物の方から彼女に吸いついたようになる。衿《えり》もともきっちりと詰り、肩はすらりとして、裾《すそ》はややすぼまり、帯はしっくりおちつき、ファッション雑誌のページから脱け出たようである。

私はうらやましくてならない。このへんは友禅の仕事をしている家も多いので、着物に関心と愛着のある人がたくさん住んでいる。きっとそういう人々は、秋子の着物姿をほめ、私の着物すがたを笑ってるだろうと思うと、私はますます、着物がうとましく思えるのだ。

「来年のお正月は付け下げのええのを買わなんならん。宇女子は付け下げ、あらへん

ので、ちょっというときに困るんやわ、いつもいつも中振袖《ふりそで》着るわけにいかへんし。大振《おおぶり》は下の子にゆずってしもたし」

と母は、本人の私はそっちのけで、叔母にいっていた。

この叔母は着物道楽である。そのくせ、着物の着付けは下手くそで、衿もとなんかいつもグサグサにゆるんでいる。やわらかい着物が好きで、胸のまるみがすっくり出るような、だらしない着付け、胴まわりなんかビール樽《だる》のようである。

どうも私の体型は、叔母に似ているらしい。

肥満ぶりといい、寸胴型の胴といい、私は叔母の姿を見るたび、切なくなる。

「そやなあ、もう今からぼつぼつ作っとかんと、結婚する、いうていっぺんに買うのはたいそうなことやし、一枚ずつでも作っとかんとあかんし。うち、見立てたげるえ」

叔母はもとより好きなことなので勇みたっている。

「ああ、もうええわ、要らん要らん。うち、着物要るような結婚せえへんし」

私は思わずいった。

「うちはなあ、シャツとジーンズでおよめにいきますのや。ほんで、明るうて、近代的で、まっさらのマンションに住むのや。作ったかて、着物なんか着いひんし、ここへおいてゆくえ」

「何をいうてんの。着物もないと恥かくし。お嫁入りできひんえ」

「ほんなら、結婚なんかせえへん」

そんなことを言っていて、思いがけなく何日かあとで母が、

「ほれ、見とおみ」

と勝ち誇ったように私にいった。

「文坊《ぼ》ン、秋子ちゃんもらわはるんにゃて、なあ」

「へえ……ほんとか？」

私はこのあいだ、お茶のけいこで秋子といっしょであったが、そんな話は何も出なかった。

「誰にきいたんえ？」

「山城屋はんがいうてはった」

「ふうん」

「宇女子がハキハキせえへんからや。文坊ンやったら、ええお婿さんや思うたのに」

母は、ほんとに文夫を私の夫によそえて見ていたのか、責める口調に真剣味があった。

「うちはな、何も文ちゃん好きやないね。まわりで勝手にきめんといて欲しわ。そうか、秋子ちゃんと結婚しはるのんか、そら、ええやないの」

私は平気で母に言い返していた。

土曜日に、三条京阪の駅で文夫に会ったので、一緒に帰った。彼が、

「僕、寺町の本屋へ寄るわ」

というので、私は、

「ほんなら」

と別れかけたが、思い直してついていくことにした。

文夫は、今年はひとつ、太秦《うずまさ》の牛祭《うしまつり》にいこか、といっていた。京都にいても、なかなか、思い立って、太秦までゆけない。

文夫は、ちっともいつもと変った所はなかった。私はいってみた。

「秋子ちゃんも誘おか」

「誘てもええけど、あのひと、いつも日曜いそがしいえ。おけいこごと多うて。それに牛祭やたら、興味ないやろし。何せ、祇園サンへも来ゃあらへん人やし」

そういえば、秋子と、そういう祭り行事につれ立って見にいったことはなかった。

いつも、誘い誘われるのは文夫であった。初詣《はつもう》でにはじまって、吉田《よしだ》神社の節分やら、

五大力《ごだいりき》さん、壬生《みぶ》狂言。賀茂《かも》祭りも鴨川《かもがわ》堤でソフトクリームをたべながら眺めたし、鞍馬《くらま》の竹伐《たけき》り会《え》もいったし、鳴滝《なるたき》の大根《だいこ》たき、一年が終って、大晦日《おおみそか》のおけら詣《まい》りまで、考えてみると、いつも文夫といっている。時々は妹も誘ったりしたけど。

とりとめもない話を交して、寺町を歩いていたが、とうとう私は、

（秋子ちゃんと結婚するのん？）

とは聞けずじまいであった。

ただ、秋子と文夫が結婚したら、この町を出ていくのだろうなあ、と思った。そうすると、もう私は文夫と、いろんな祭りや行事に誘い合えないのだ。そのことばかり妙に心のこりであった。

そしてあんなに、この町を出たがっていた私が、もし文夫と結婚すれば、この町を出られるのだとは、思いもしなかった。母の思惑はどうであれ、父は、

「結婚して、ここを出て、お婿《むこ》さんと好きなところで暮らしたらええがな」

といってくれたのだから、私がそうしようと思ったらできるのだ。

日曜日、私は叔母につれられて、堀川の友禅屋さんへいった。呉服屋ではなく、友禅の製作をしているところへつれていかれたのだ。叔母は、

「一枚だけはええのん作っとおき。わたしが買《こ》うたげるさかいに、あんたに合うの作

ってもらいまひょ」

というのであった。私は服のオーダーは知っているが、着物のオーダーは知らなかった。

堀川丸太町、どっしりと大きい二階家である。

入口に、渋紙色の長いのれんが掛っている。

初老の主人が出て来て、

「やあ、おいでやす」

と叔母と親しそうに挨拶《あいさつ》する。叔母は座敷へあがると自分のウチのようにくつろいで、

「この人ですね、およめ入りに持ってゆく衣裳《いしょう》、揃《そろ》えるのがもう、今からあたま痛うて。よろしゅうおたの申します」

といった。私は何も欲しい、といってないのに、母も叔母も、耳にも入れていないのだ。叔母は、私のものを揃えるという名目で、着物を誂《あつら》えたり買ったりするのが、無上のたのしみなのだ。

「ホホウ。ええ体格、してはる。これは着物が着映えしてよろこびますやろう」

主人は、笑うと皺《しわ》だらけの顔になるが、暖かな表情である。私は困ってしまって、

「あたし、着物はよう着いしまへん、太ってるさかい着にくうて」

「いやいや、着物は太っててんとあきまへんえ、肩が盛り上って首にも肉がついてんと、着物は死にまっさかいな」

若い男が、お茶を汲《く》んできた。この人は弟子であるらしい。住み込みで修業中だそうだ。

「ほそい女の人はあきまへんなあ。薄い肩でぴしっと着られたら、せっかくの着物が映えまへん——奥さんはうまいこと、着やはります。ほんで、着物も着映えします」と、主人は叔母をほめた。叔母のゆるやかな着付け、グサグサの衿元がよい、ところの主人はいうのである。

「宇女ちゃん、二階、見せていただこか。あんた、京都に育ってても何にも、知らんにやろ」

「何を?」

「友禅のできるとこやんか」

主人が先に立って案内してくれた。二階の板の間に、青年が数人、布に彩色しているところであった。反物《たんもの》の生地をぴんと張って、次々に捲《ま》きあげる台があり、一人が一台ずつうけもって、反物に筆で色をさしているのだった。

手前の青年のは、はんなりとしたグレー地に、落葉が舞っている絵である。朽《く》ちかけた葉のきれいな色を、青年は、丹念にいろどっているのだった。筆で細心に描きこまれてゆくのをみると、目のくらみそうな、こまかいデリケートな作業である。

そのうしろの青年の反物は、うすいピンク地に御所車である。青年は車の輪を息つめて塗りつぶしてゆく。

そのとなりは、濃い紫地に、白地の梅だった。ぱっと目を射る柄《がら》である。

「成人式用ですなあ」

と主人は笑った。

秋草の咲き乱れている絵を、一心こめて塗っている青年がいた。菊、蘭《らん》、それぞれの葉の葉脈が浮き上り、緑の濃淡ぼかしになって克明に一枚の葉ができあがる。

色の美しさに、私は息をのんだ。それに、こんなに手のこんだ、手間のかかる作業を経て、着物が作られているとは思いもそめなかった。

「なんの、お嬢ちゃん、着物の工程は十一もおすねえ」

主人は笑い、

「染めもんの着物ほど、ええもんはあらしまへん。京友禅は美しゅうて美しゅうて」

と叔母はうなずいた。下絵を絹の反物に青花《あおばな》で描き、それからゴムで糸目を描いてゆく。これは模様の線画である。色がにじむのを防ぐのだ。

そうして地色をまず染めるが、その前に、地色に染まってはこまる模様の部分を、糊《のり》で以《もつ》て伏せておく。そうして地色を染めたあと、柄に色をさして、蒸して色をとめ、水で洗い、刺繡《ししゆう》したり箔押《はくお》ししたりして、最後の仕上げにシミを抜く地直《じなお》しをする。

「なんぼう手間が掛りますことか、まあ、分業やから、糊伏《のりふ》せのもんは糊伏せだけ、染めるもんは染めるだけ、しますけどな」

主人はそういって、階下へおりて反物を見せてくれた。ツヅラから何本もの出来上った反物をするするとほどいて、部屋いっぱいに流す。あっと思うばかりのみごとさだった。

おしどりがあそんでいる、水色の一越《ひとこし》。能衣裳のような付け下げ。

遠山桜がいちめんに霞《かす》んだようなピンクの着物。紅葉と枝折戸《しおりど》と観世水の、燃えるように赤い着物。黄土色に、花車のもの。うす緑に色紙が散って、それには、王朝の男や女が描いてある。牛車《ぎつしや》が裾にある、源氏絵巻ふうなもの。

私は、声もなく、みとれてしまった。

二階の青年たちが、黙々と顔もあげず、一心不乱に筆を動かしていた、その真剣な仕事ぶりに感動したせいかもしれない。若い青年たちの仕事場なのに、物音は一切なかった。ラジオの音も、むろんテレビの音もないのだ。

外はうららかに晴れ、町の音が開け放った窓から入ってくるが、室内はしーんとした仕事場である。

時折り、青年たちが反物を繰る、カラカラという台の音がきこえるだけで、彼らは黙々と板の間に坐《すわ》って、息をひそめるようにしてたっぷりの染料をふくませた筆を動かしつづける。シャツにズボンの、質素な青年たちの手もとから、花の咲きこぼれるような華やかな友禅が生れてゆくのだ。

それが、この反物かと思うと、私は、いままでとすっかり、着物を見る眼がちがってしまった。私は、感動さえした。

「嬢ちゃん、これひとつ肩にあてとうお見やす」

と主人はいい、えんじ色の大胆な蘭の花の柄をえらんだ。私が体に横に当てると、

「いや、反物は肩へあてて下へおろす……そうそう」

と主人はいい、

「この色もいけますなあ。しかしもっと、ほんわかしたピンクがよろしおすやろか、お色が白おっさかい」

「そうどす。もっとロマンチックな色の方がよろしやろなあ」

と叔母も夢中になって、反物をみつめていた。

「思いきり、ええのん、こしらえますわ。きっと似合わはるのつくります。嬢ちゃん、それ着て、ええとこへお嫁入りおしやっしゃ」

と主人はいい、

「ええ体格や、着物が栄《は》えて、りっぱどっしゃろなあ」

とまた、私を見ながらいった。

「どうえ。京友禅ほどきれいなもん、あらへんえ。織物なんか足もとへもよられへんわ」

叔母はためいきつくように反物にさわり、

「こんなべべ着られるんにゃ、宇女ちゃんも女に生れてよかったとお思いやろ」

というのであった。

女に生れてよかったかどうか、……私はすくなくとも、着物を見直したのは事実であった。しっとりと重々しく、柔かな手ざわりのちりめん、りんず、そしてこぼれる色のかずかず。ほんとうに私には着物が似合うのだろうか？

「好きや思わはったら、着物のほうがついてきます」

と主人はにこにこして力づけるようにいう。

着物を着て、文坊ンに見せてみたい気がする。浴衣《ゆかた》でなくて、友禅の、はなやかな着物を、叔母のように、好きなようにゆったり着て。私も京女だ、ということだろうか。

あくる日は月曜だ——また十なんべん、町内の誰かれにあたまを下げ、バス停へいそぐ。文夫がうしろから走って来て、バスへあわてて乗りこんだ。人ごみの中だといいやすい。

「文ちゃん、結婚いつ？」

「え？」

文夫はびっくりしている。

「結婚？　誰が」

「文坊ン、するんやないの？」

「僕？　いや。なんで？」

「なーんや。噂《うわさ》だけか」

「何の噂？　何のこっちゃねん」

文夫はほんとに何も知らないらしい。

「文坊ン、結婚する、いうて聞いたから」

「誰と」

「誰とでもええ」

「僕はまた、山城屋の爺《じい》ちゃんに、宇女ちゃんどこぞへ嫁入りする、て聞いた」

「ええかげんなこと、いうのやなあ」

「うそかいな」

「うそや。いや、ほんまや。どこぞ、よそへいきたい思うてたけど、相手あらへんし……。考えたら、ここもええとこやなあ、思うたりして」

「そや。押小路のむしこの家に居《お》り。宇女ちゃん出てしもたら、おばちゃんら淋《さび》しがらはるやろ。女系家族はしょがないで」

「文坊ン、どこぞいく？　あの町出る？」

「僕か。そやなあ。よそへいったら宇女ちゃんと宵山も見られんようになるし」

「そうか、居てくれるの」

「居《お》らな、しようないやろうなあ」

文夫とバスの中で押しくらまんじゅうしながら、そんなことを言い合っている。

解説

綿矢りさ

孤独な夜のココア――題名と同じ名前の短編を探しても無い。短編集の場合、いくつかの作品のうちの一つが表題作になっていることが多いけれど、この本は違う。十二編の短編すべてをひっくるめて〝孤独な夜のココア〟という意味なのだろう。イメージの広がる名前だ。どんなココアなのだろう、夜とあるから眠るまえのココアなのか、孤独とあるから一人読書をしながらのココアなのか。私のイメージでは、一人暮らしでも誰かといっしょに暮らしていてもいいけれど、いったんベッドに入ったものの眠れず起き出して、そこだけ明かりの点《つ》いたキッチンで一人飲む一杯分のココアだ。家族と住んでいても会社に勤めていても、人にはふっと孤独になる時間がある。必死に生きているけれど、自分はなんのためにがんばっているんだろう。連絡の取れなくなった昔の恋人はいまどこで何をしているんだろう。切なくなる気持ちをココアがあたためてくれる。ふうわりとしたそのあたたまり方は、熱くしたミルクでもコーヒーでもなく、たしかにココアがぴったりだ。この本の作品を一つ一つ読み、主人公一人ひとりの日常、恋に触れていくうちに、たしかにココアを飲んだときのように甘くて苦い風味が広がり、心があたたまっていく。もちろんじっさいの味でも温度でもなく、人生への感慨で。

本作品で女性の主人公たちに触れるにつれ、感心してしまうのは、女性の主人公が男性を囲いこむやさしさを持っているところだ。シャワーを浴びてずぶぬれになった男性の身体を、大きなバスタオルを広げて待ち構え、さっとくるんであげるような包容力を彼女たちは持っている。恋におちれば舞い上がってしまい、相手の男性の悪いところはぼやけて良いところしか見ない、または悪いところも良いところのように見えて、どんどん自分のなかで彼を理想の人に仕立て上げてしまうところがあると思うけれど、本作品の主人公たちは恋愛フィルターで目を曇らせてしまうことがなく、わりと冷静だ。男性が疲れているか、なにを食べたいかなどを把握して、満たしてあげている。好きな相手を、一個の動物として見ているから、子どもみたいにあやし、遊ばせる。

頼れる、守ってくれる人がいい、自分よりデキる男の人がいい。そうではなく、むしろ男の人の幼い、世間の色に染まっていない、自分で自分を飼い慣らせていない部分を愛する。でも決してだめな男が好きというわけではなく、あくまで微笑《ほほえ》ましい部分を愛している。

たとえば「エープリルフール」の主人公和田サンは代々受け継いできた先祖の名前を襲名する慣わしが残っているほどの家柄の男が、気どらず甘ったれでいるところを愛している。

「石のアイツ」の主人公千田さんは男性の、オシャレなのに、それを人に知られるのを恥ずかしがっている部分を愛している。

「春つげ鳥」の主人公碧《みどり》にいたっては自分より倍年上の男性の、無邪気でとても人が良い、ところを愛《いとお》しがっている。恋愛に年齢は関係ないといっても、大人ならではの余裕だとか哀愁ではなくて無邪気さを好きになるあたり、さすがだ。男の人も倍年下でもこんな女の子が妻になれば家に帰ってきて落ち着けるだろう。

男性が思わず守りたくなってしまうカワイイ女性を目指せば、いかに相手の大きさよりはみ出さず、いかに後ろから抱きしめられやすい女性になるかが課題だけれど、田辺作品ではいつも女性の主人公ののりしろが相手の恋人の男性より少しはみ出している。

「雨の降ってた残業の夜」の主人公斉ちゃんは、遅い時間にものすごく疲れて外回りから会社に戻ってきた彼のため、こっそりラーメンを頼んであげたりする。そのころは余裕があったが、段々恋にのめり込み、彼しか見えなくなってくると、彼女は〝恋というものは、生まれる前がいちばんすばらしいのかもしれない。〟と危機感を抱く。とにかく彼の世話を焼きたくて、どこまでしてあげれば相手の男性にとっておせっかいで、どのくらいでやめれば嬉《うれ》しがってもらえるかの境界線が見えなくなり、不安なのだ。世話を焼きすぎるのが男性にとって良くないことも彼女はちゃんと知っている。

また、被害者意識がない、一人よがりじゃない、相手に依存していないところも本作品の主人公たちの特徴だ。不倫の恋でも子どもができちゃっても、早く奥さんと別れてとせまることもなければ、産ませてまたはどうしてくれるのと相手を責めることもない。もしかしたら相手を困らせてしまうんじゃないかという自分の要求を相手にぶつけることはせず、自分の内で決着をつける。

「石のアイツ」で千田さんは恋人に貢《みつ》いでいることを友達に注意されたのに影響を受け「たまには、オカネを入れてよっ！」とどなる。彼がいなくなってから五年後、彼女は〝アイツと暮らしているあいだ、苦労したとは思えなかったのだ。私は幸福だったのだ。世俗の風が舞いこんだとき、その幸福は石になったのだ。〟と悟る。自分の恋人の男性を見るとき、〝普通なら〟とか〝男なら〟という世俗の、一般的な見方をしてはいけない。自分は十分幸せなのに世間のものさしで測って損をしているような気持ちになってはいけない。本作品の主人公たちはそんなこともよく分かっている。

主人公たちは20代後半の年齢の人が多く、私は彼女たちと年齢が近い。彼女たちが、結婚をするかしないか、いままでとは違いこれからは生き方を変えていかなきゃならないと考えているところは、同じ年齢として共感できるけれど、同じ年齢じゃなきゃ分からないというわけじゃない。なぜなら私は子どものころから田辺作品を読んでいて、そのときからハイミスやおばあちゃんが主人公の作品で、彼女たちの気持ちが分からなかったことはなかったからだ。

年齢は変わっても女性の中身は変わらない、田辺作品は共通してそんな書き方をしているから、実年齢が何歳でも物語に入りこめる。

といっても、じゃあ主人公が何歳の設定でも小説の内容は変わらないのかと言えばそうではない。田辺作品において女主人公の年齢はかなり重要だ。なぜかといえば、女性の中身は変わらなくても、女性をとりまく環境は彼女の年齢によってどんどん変わっていくからだ。

本人は昔のままのつもりでも、周りはそのときの年齢によって彼女について違った捉《とら》え方をする。強制的に立ち位置が変わる、その変化についていけるか。そのシビアさが夢見がちではなくしている。とくに新入社員が一年ごとに入社してきたり、男性といっしょに働く会社勤めのＯＬはそのシビアさを目《ま》の当たりにしている。

主人公たちはみんな結婚しろとうるさい親をどうかわすか、一人で生きていくためにどうお金を貯《た》めていくか、若い子が入ってきた社内で男性陣に嫌われるお局《つぼね》様にならずに済むかを考えている。

しかし暗い懸案事項なのにも関わらず、彼女たちがどこかわくわくしているように感じるのは私だけだろうか。険のある先輩お局を見てああはならないと心に決めたり、好きな男へのアプローチを周囲の人間が辟易《へきえき》するようなまっすぐで熱烈なものから、さりげないものへ変えていったりと着々と準備をすすめている彼女たちは、冬ごもりをするために食料やこたつを部屋にせっせと持ち込んでいる最中のようだ。冬だって工夫すれば寒くない、いつでも常夏《とこなつ》の国へ旅行に行けるよう貯金もしておくぞ、という意気込み、準備万端さが頼もしい。

さらに彼女たちが頼もしいのは世間への対応は変えても、自分は絶対に変わらないぞと決めているところだ。周りが求めている自分を正確に把握しつつ、それに合わせながらも自分の考え方は変えない。

彼女たちとは正反対に、年甲斐《としがい》もないと世間に見苦しがられているのに、まったく変わらず愛し合い続けるカップルが出てくる話もある。本作品のなかで私がもっとも好きな短編、「ひなげしの家」だ。最初のひなげしの花がふわーっとひらきはじめる描写も、ひなげしの咲きほこる高台の家が舞台になっているところも、水彩画のようにみずみずしく鮮やかで好き。この家に住んでいるバーのママと画家の中年カップルが、心の敏感な部分をぎゅっとつねってくる。

バーのママは主人公梨枝子《りえこ》の叔母さんで、梨枝子はいいトシをしていちゃついているこの中年カップルを、いやらしいなと感じている。一族からハミダシ者と嫌われている叔母と、叔母のヒモみたいな生活をしている叔父。

彼女の感じ方が間違っているわけではなく、じっさいこのカップルは現実にいたらいやらしく映るだろうなと思わせるところがある。叔父のほうは家族があるのに離婚もせず逃げ出してヒモに成り下がっているし、叔母の方は叔父を養っているという事情のせいで、皺《しわ》だらけの顔におばけみたいな厚化粧をして疲れた疲れたといい続けながらバーで働いている。でも帰ってきたら叔父を責めるわけでもなく彼に甘えきっている。

それでも主人公が彼らを心の底から嫌えないのは、きっとなにかを分かりかけているからだ。その謎《なぞ》を、彼女は與謝野晶子《よさのあきこ》の「ああ皐月《さつき》仏蘭西《フランス》の野は火の色す君もコクリコわれもコクリコ」という熱烈な恋の歌で解こうとする。

純度の高い恋愛は他から見るといやらしいものだ。いい大人が実年齢よりももっと純粋なころに帰って、お互い甘え合っている。大人でなくてもどの年齢でもラブラブというのは、周りはごちそうさまと言ったり、人前でいちゃいちゃするなと言ったりする。でも周りからどう思われようといちゃつき続ける二人は、文句なしにかっこいい。

さっき書いたように年齢を意識して、見苦しくない節度ある恋愛を心がけるハイミスもすてきだ。しかしこの夫婦の溶け合いかた、ばかなほどのまっすぐな愛情は心につきささる。端から見ればただの不幸で見苦しくても、二人の間にわきでている幸福だけで満たされている。


（平成二十二年一月、作家）

この作品は昭和五十三年十月新潮社より刊行された。

表記について

新潮文庫の文字表記については、原文を尊重するという見地に立ち、次のように方針を定めました。

一、旧仮名づかいで書かれた口語文の作品は、新仮名づかいに改める。
二、文語文の作品は旧仮名づかいのままとする。
三、旧字体で書かれているものは、原則として新字体に改める。
四、難読と思われる語には振り仮名をつける。

なお本作品中、今日の観点からみると差別的ととられかねない表現が散見しますが、作品自体のもつ文学性ならびに芸術性を尊重し、原文どおりとしました。（新潮文庫編集部）